Sophia Benedict

FAHNENFLÜCHTIG IN WIEN

*Nur die Toten haben
das Ende des Krieges gesehen. (Plato)*

*Der Krieg hat einen langen Arm. Noch lange, nachdem
er vorbei ist, holt er sich
seine Opfer. (Martin Kessel)*

Bibliografische Information der Deutschen Nationalbibliothek:
Die Deutsche Nationalbibliothek verzeichnet diese Publikation in der
Deutschen Nationalbibliografie.
Detaillierte bibliografische Daten sind im Internet unter www.dnb.de
abrufbar.

© 2017 Diana Wiedra
Aus dem Russischen: Diana Wiedra
Lektorat: H.M. Magdalena Tschurlovits
Covergestaltung: Diana Wiedra

Herstellung und Verlag:
BoD – Books on Demand, Norderstedt, Deutschland
ISBN: 978374150002

Handelnde Personen

Ivan, Russe, 19 Jahre
Ahmed, Tschetschene, 19 Jahre
Kadyr, Tschetschene, 20 Jahre
Bacha, Tschetschene, über 40 Jahre
Mikola, Ukrainer, 19 Jahre
Dmitrij, Weißrusse, 25 Jahre
Vazha, Georgier, 30 Jahre
Farchad, Afghane, über 20 Jahre
Sevar, Afghane, über 20 Jahre
Horsched, Iraner, ca. 40 Jahre
Omid, Iraner, ca. 40 Jahre
Jana, Moldawien, 18 Jahre
Mila, Russin, 16 Jahre
Salima, Tschetschenin, ca. 30 Jahre
Liya, Tschetschenin, ca. 30 Jahre
Anusch, Armenierin, ca. 35 Jahre
Schagane, Armenierin, ca. 30 Jahre
Lyudmila, Ukrainerin, ca. 20 Jahre
Katrin, Österreicherin [Sozialarbeiterin]
Geigenspieler, über 60 Jahre
Günter, Österreicher [Leiter des Flüchtlingsheims]

Gefängniswärter
Polizisten
Burschen und Mädchen im Dorf
Tschetschenische Kämpfer
Russische Soldaten
Flüchtlinge
Ein kleines Mädchen
Passanten

VORWORT

Es kommt selten vor, dass ich einen Text in einem Zug durchlese. Hier war es so.

Unterschiedliche Schicksale, Menschen, die auf engem Raum zusammengewürfelt, Individuen bleiben wollen, eine neue Heimat, einen Fixpunkt suchen, auf dem sie überleben und leben können. Menschen, die ihre Heimat, ihre Familie verlassen mussten, gezwungen durch Krieg oder andere bittere Gründe, sprechen zu uns von ihren Träumen, Hoffnungen, Wünschen, und, ja, auch ihrem Hass. Beziehungen, die entstehen, sich verflechten und wieder auseinandergehen, schildert die Autorin in einfacher, jedoch eindringlicher Sprache. Ein Bild wird uns gezeigt, ein Puzzle von Gefühlen, das entsteht, um am Ende wieder in einer ungewissen Zukunft auseinanderzufallen. Was wir daraus mitnehmen könnten, ist die Erkenntnis, dass Menschen, so verschieden sie sein mögen, eines immer gemeinsam ist: die Hoffnung auf Zukunft, Freundschaft, Liebe und Treue. Aus welchen Ecken der Welt sie kommen mögen, ein Lächeln bleibt ein Lächeln und eine kleine Geste kann viel bewirken. Sophia Benedict bringt uns in ihrem Buch zum Nachdenken darüber, was im Leben wirklich zählt, worauf wir uns konzentrieren sollten. Gerade jetzt, wo so viele Menschen aus anderen Kulturen und unterschiedlichen Teilen der Welt, die im Krieg versinken, zu uns flüchten, um ihr nacktes Leben zu retten und darauf hoffen, dass ihnen Zuflucht und Hilfe gewährt wird, ein Text, der uns helfen könnte, den Fremden mit anderen Augen zu erkennen: als unser Spiegelbild in zerschlagenem, zersplittertem Glas.

Magdalena Tschurlovits

Wien. Eine Zelle mit sechs Stockbetten im Schubhaftgefängnis. In der Zelle befinden sich zwei Afghanen, ein Ukrainer, ein Weißrusse, ein Georgier, drei Tschetschenen, zwei Iraner und ein Russe. Einige liegen auf ihren Betten, andere sitzen am Tisch. Die Afghanen Farchad und Sevar, beide jung und gutaussehend, sitzen auf dem Boden mit dem Rücken zum Heizkörper. Der Ukrainer Mikola spielt Gitarre.

„Kennst du vielleicht auch unsere Lieder?", sagt Farchad.

„Eure Lieder? Nein. Wo hast du Russisch gelernt?" fragt Mikola.

„Ich habe ein Jahr lang in Russland gelebt. Ich kann viele Sprachen."

„Sing und ich versuche die Melodie zu finden."

Farchad beginnt leise zu singen. Sevar stimmt ein, zuerst nur die Melodie, dann auch die Worte. Das Lied klingt traurig und monoton. Sie singen immer lauter, es kommen auch fröhlichere Töne. Mikola findet die passende Begleitung sehr schnell. Man hört, dass er ein begabter Musiker ist. Das Lied ist sehr lang.

Schließlich hält es einer der Tschetschenen nicht mehr aus.

„Haltet die Klappe! Ihr beide!", schreit Kadyr.

Die Sänger verstummen. Betretenes Schweigen. Farchad steht langsam auf und macht einen Schritt auf Kadyr zu.

„Was hast du gesagt?", fragt er in drohendem Tonfall.

„Ich hab gesagt, haltet endlich eure verdammte Klappe! Euer Gesang steht mir schon hier!", schreit Kadyr, fährt mit der Hand quer über seinen Hals und steht auf. Die beiden stehen sich in aggressiver Körperhaltung gegenüber und schauen einander direkt in die Augen.

„Lass das, Kadyr!", sagt Ahmed.

Im selben Moment gehen Farchad und Kadyr aufeinander los. Der Afghane versucht, den Tschetschenen in den Clinch zu nehmen, er ist stärker und gut trainiert. Alle außer Horsched und Omid stehen auf und schauen den beiden schweigend zu. Die Körperhaltung von Sevar und Ahmed zeigt, dass sie bereit sind, ihrem Kameraden Farchad zu Hilfe zu kommen.

Dann stehen auch die Iraner langsam auf. Sie sind älter als alle anderen und tragen Bärte. Sie stellen sich zwischen Farchad und Kadyr. Omid sagt etwas in seiner Sprache, mit leiser aber sehr harter Stimme. Es klingt so, als ob ein strenger Lehrer einem Schüler die Leviten liest. Farchad und Kadyr verstehen zwar nicht, was er sagt, aber sie erkennen sehr gut, worum es geht. Ungern beugen sie sich der Autorität des Älteren. Etwas verlegen blicken sie zur Seite. Man sieht, dass die beiden immer noch sehr wütend sind. Trotzdem gehen sie auseinander.

„Kadyr, lass das. Lass sie singen. Das stört ja niemanden", sagt Ahmed leise.

„Gefällt dir das Lied nicht?" fragt Dmitrij.

„Das Lied spielt keine Rolle. Ich will einfach nicht, dass sie singen", antwortet Kadyr.

Dmitrij setzt sich neben Mikola und sagt:

„Hör zu! Weißt du zufällig, warum die Afghanen mit den Tschetschenen verfeindet sind?"

„Entschuldige, Dim", sagt Mikola, „das ist mir scheißegal! Ich bin Musiker! Ich mag alle, die Musik mögen!"

„Warum bist du nach Österreich gekommen?

Mikola greift in die Saiten und sagt, eine Grimasse schneidend:

„Warum, warum…"

„Ich zum Beispiel wegen dem Lukashenko. Und Du? Hast du auch Probleme zuhause?"

„Entschuldige, ich scheiße auf die Politik. Auch auf diesen Tschetschenen da und auf den Afghanen. Ich hab' doch gesagt, ich bin Musiker! Mich interessiert nur die Musik!"

Mikola spielt auf der Gitarre eine elegante Passage.

***

Kärntnerstraße. Fußgängerzone. Die Geschäfte sind noch geöffnet. Gut gekleidete Menschen flanieren die Straße entlang. Bei Anbruch der Dämmerung sammeln die Straßenmaler ihre Habseligkeiten zusammen und die Musiker nehmen ihre Plätze ein. Aus verschiedenen Richtungen wehen unterschiedliche Melodien herüber.

Mikola findet einen Platz. Er schließt seinen tragbaren Verstärker an die Gitarre an. Der geöffnete Gitarrenkoffer bleibt auf dem Boden liegen. Er beginnt die Gitarre zu stimmen.

Ein Mann mit einer Geige kommt auf ihn zu.

„Du wieder hier…", sagt der Geigenspieler.

„Ja, wo soll ich denn sonst sein?"

„Du und ich, wir kommen aus demselben Land. Ich sehe, dass dich auch das Heimweh plagt."

„Was soll das, diese Sehnsucht? Geht es dir schlecht in Wien? Du hast doch schon längst die Staatsbürgerschaft…"

„Habe ich. Warum? Es geht mir gut. Ich bin froh in Wien zu sein."

„Übertreib nicht! Würde es dir gut gehen, würdest du nicht abends auf der Straße spielen."

„Früher dachte ich auch so. Ich träumte davon, im Konzerthaus aufzutreten. Später habe ich verstanden, dass die Freiheit wichtiger ist. Wie viel verdienst du an einem Abend? Ich komme auf fünfzig, sechzig Euro pro Abend. Dazu noch meine Pension. Ist das nicht besser, als in einem Orchester den ganzen Abend irgendwo hinten zu stehen, und ein bescheuerter Dirigent macht mit dir, was er will? Oder jeden Tag neue Aufträge suchen? Wäre das wirklich besser? So aber, wenn mich wer anruft, kann ich auf einer

Hochzeit oder auf einer Bar-Mizwa spielen. Ich entscheide selbst. Ich werde gebeten, ich muss mich nicht selber verkaufen. Ich weiß, dass ich hier draußen immer was verdienen werde. Ruhm und Erfolg… na ja…"

„Ich brauch' aber Erfolg", sagt Mikola, ein wenig beleidigt.

„Als ich jung war, dachte ich genauso. Wenn du wüsstest, auf welchen Bühnen ich gespielt hab'! Ich dachte, wenn ich nach Wien komme, werden mich alle haben wollen… Tja…" Er schweigt eine Weile und setzt dann fort: „Statt dessen hab' ich meine Kinder ausbilden lassen. Alle beide! Sie sind mein Ruhm. Der Sohn hat gestern erst einen Wettbewerb gewonnen!"

„Dein Sohn ist ein Glückspilz. Ich freue mich für euch beide", sagt Mikola teilnahmslos.

„Und du spielst Gitarre…"

In der Stimme des Geigenspielers schwingt Mitleid mit.

„Ich bin mit der Gitarre hierher gekommen. Ich spiele auch Posaune, Schlagzeug und andere Instrumente. Ich bin ein Orchester-Mann, verstehst du?", sagt Mikola, er ist gekränkt.

Der Geigenspieler antwortet misstrauisch:

„Ja, ich verstehe. Gut! Ich werde dich nicht mehr stören. Man sieht sich… Ach, übrigens…"

„Was noch?

„Ich wollte nur fragen, hast du schon deine Bewilligung für Straßenkunst vom Magistrat abgeholt?"

„Was für eine Bewilligung?"

„Weißt du das nicht? Man braucht eine Bewilligung, um hier spielen zu dürfen…"

Der Geigenspieler geht weg. Inzwischen hat Mikola seine Gitarre gestimmt und beginnt zu spielen.

Passanten bleiben stehen. Bald bildet sich um ihn eine große Gruppe von Zuhörern. Kleingeld fällt in den Koffer. Von Zeit zu Zeit blitzt eine Fotokamera.

Mikola sieht sein Publikum nicht mehr, er ist in seine Musik vertieft. Sein Gesicht ist eingerahmt von langen, hellen

Haaren, es ist schön und strahlt Begeisterung aus. Er spielt zuerst eine Barkarole. Dann singt er das ukrainische Lied ‚ *Ich schaue in den Himmel* ':

Ich schaue in den Himmel und bedauere, dass ich kein Falke bin, dass ich nicht fliegen kann. Warum, lieber Gott, hast Du mir keine Flügel gegeben? Ich hätte dann die Erde verlassen und wäre in den Himmel geflogen, um mein Glück zu suchen. Ich hätte bei der Sonne und den Sternen nach Zärtlichkeit gesucht. In ihrem hellen Licht wär ich in meiner Seelennot versunken. Weil ich keine Liebe im Leben finde, ich bin nur ein Tagelöhner, ein dahergelaufener Bursche. Ein Fremder überall. Wer liebt schon fremde Kinder?

Seine Stimme klingt einmalig schön. Die Umstehenden hören wie verzaubert zu.

Es kommen zwei Polizisten. Mikola sieht sie nicht, er singt weiter. Die Polizisten bleiben stehen und hören auch zu. Man sieht, dass auch sie von dem Lied berührt sind. Als das Lied zu Ende ist, treten die Polizisten näher an Mikola heran.

„Bitte, Ihren Ausweis und Ihre Bewilligung!"

Mikola antwortet nicht, stattdessen beginnt er seine Sachen einzusammeln.

Die Polizisten führen ihn ab.

***

Wir sind wieder in der Zelle des Schubhaftgefängnisses.

„Verstehst du, ich bin hierher gekommen, um Geld zu verdienen. Ich will meine eigenen CDs herausbringen. Irgendwie muss man sich durchsetzen in diesem Leben. Nicht wahr? In der Ukraine, du weißt ja selbst, jetzt…", sagt Mikola ohne den Satz zu beenden.

„In Weißrussland ist es auch nicht viel besser. Deshalb bin ich in diese Geschichte hineingeraten", antwortet Dmitrij.

„Was für eine Geschichte?"

„Ich bin ein Bürgerrechter. Ich war auf Kundgebungen. Friedlichen Kundgebungen. Die Polizei hat dann begonnen, mir irgendwelche kriminellen Sachen zu unterstellen. Ich bin aber kein Verbrecher!"

„Das sagen alle", murmelt Mikola misstrauisch.

„Glaubst du mir nicht? Ich schwör es, ich lüge nicht. Ihr Ukrainer mögt einfach die Weißrussen nicht, deshalb glaubst du mir nicht. Alle Ukrainer mögen die Weißrussen nicht!"

„So ein Blödsinn! Ich hab doch gesagt, mir ist die Politik scheißegal. Und die Weißrussen übrigens auch."

„Warum glaubst du mir dann nicht?"

„Ich glaube dir. Natürlich glaube ich dir. Sie sind mir aber egal, dieser Lukaschenko, oder Juschtschenko, oder sonst wer! Verstehst du? Sie zerfleischen sich gegenseitig für die Macht, und das Volk bleibt hungrig, so wie immer. Du weißt ja selber, die Herren raufen, aber die Köpfe rollen bei den Untertanen."

„Wenn alle so denken wie du…"

Ivan mischt sich in ihr Gespräch ein:

„Lasst das, Kinder! Die Tschetschenen gehen auf die Afghanen los, die Ukrainer auf die Weißrussen, die Georgier auf die Armenier, und dann noch die Türken auf die Kurden… Seid ihr alle verrückt? Was soll denn das werden?"

Kadyr sagt böse:

„Und du bist wohl ein Heiliger? Du liebst sie alle!"

Kadyr schaut Ivan an mit einem langen Blick. Dann wendet er sich hasserfüllt ab.

„Soll ich dir das glauben, dass du alle magst?", sagt Vazha. Als Georgier fühlt er sich auch beleidigt.

Ivan antwortet etwas bestürzt:

„Also, ich mag … Warum … Ich mag auch nicht alle. Na, zum Beispiel, diese…, na, wie heißen die? Ah ja, die Papua von der… Osterinsel, ich denke so heißt sie, also, die mag ich wirklich nicht!"

Überrascht drehen alle ihre Köpfe zu Ivan.

„Hast du jemals einen gesehen?" fragt Dmitrij ganz ernst.

„Nein, Dim, ich habe nie einen getroffen, ich mag sie aber trotzdem nicht!"

„Und warum bitte?"

„Also, warum … weil sie…"

Ivan weiß nicht, was er antworten soll, er wollte eigentlich nur einen Scherz machen, sein Witz ist aber misslungen.

„Was, warum?"; wiederholt er, kratzt sich verlegen am Hinterkopf und fügt hinzu, „Ach ja! Warum haben sie diesen Weltreisenden aufgegessen? Er hat ihnen doch nichts Böses getan…!"

„Meinst Du vielleicht James Cook?"

„Ja! Also, ja, dieser Cook!", sagt Ivan fröhlich, „Er war ein guter Kerl! So weit ich weiß… Also, und jetzt müssen wir ohne diesen Cook leben…"

Mikola stimmt ein Lied zu Ehren von James Cook an.

Niemand beachtet ihn. Nur Dmitrij fragt ganz ernst:

„Bist du sicher, dass diese Papua, die den Cook aufgegessen haben, wirklich von der Osterinsel waren? Vielleicht waren sie von irgendwo anders?"

„Was du alles wissen willst!", schmunzelt Ivan.

Endlich begreifen alle, dass es ein Scherz war. Mikola schlägt in die Saiten und singt weiter. Jetzt ist die Stimmung vergnügt.

***

Wärter kommen herein. Sie schauen düster zu Farchad hin, dann zu Kadyr und dann wieder zu Farchad.

„Nehmt eure Sachen und husch! Aber schnell!", sagt einer der Wärter zu den beiden Afghanen. Diese folgen ihnen stumm, ohne Widerstand.

„Man darf Afghanen niemals mit Tschetschenen zusammen lassen…", sagt leise der zweite Wärter.

Farchad macht im Vorbeigehen eine drohende Geste in Richtung Kadyr. Sevar legt die Hand auf die Schulter des Freundes, um ihm zu zeigen, dass er auf seiner Seite steht.

Ahmed sagt leise zu Kadyr:

„Warum gehst du immer wieder auf sie los? Hast du noch immer nicht genug?"

„Habe ich nicht!", antwortet Kadyr unfreundlich.

Bacha geht auf die beiden zu und beginnt leise auf tschetschenisch mit ihnen zu reden. Ahmed entfernt sich, anscheinend hat er kein Interesse an dem Gespräch.

Ivan zeigt auf die Spielkarten, die am Tisch liegen und fragt Ahmed:

„Spielen wir?"

Ahmed nickt. Er setzt sich nun doch an den Tisch.

Diese zwei Burschen sind äußerlich sehr unterschiedlich. Ahmed ist dunkelhaarig, mager und nervös. Ivan hingegen ähnelt einem Bild aus dem russischen Volksmärchenbuch, er ist blond, hat blaue Augen, ein rundes Gesicht und helle Wimpern. Um seine dicken Lippen spielt ständig ein leichtes Grinsen, er wirkt ein bisschen dumm, so, als ob er nichts ernst nehmen würde.

„Spielen wir Schafskopf?", fragt Ivan.

„Was sonst!"

„Natürlich, wir sind hier alle Schafsköpfe!"

Dmitrij unterbricht sie:

„Wie lange wollen sie uns hier noch quälen? Vielleicht sollten wir in den Hungerstreik treten? Es heißt, wer einen Hungerstreik beginnt, wird bald entlassen."

„Früher war das so", erwidert Vazha, „Aber jetzt hat die Innenministerin Zwangsernährung angeordnet. So eine tollwütige Tante!"

„Ja, das habe ich auch schon gehört", sagt Dmitrij nachdenklich. „Das widerspricht aber der Genfer Konvention.

Und verletzt die Menschenrechte. Dein Körper gehört nur dir selbst, also haben sie kein Recht, ihn anzugreifen."

„Hm... Das sagst du! Warum sind dann unsere Körper jetzt hier drin und nicht draußen in der Freiheit?"

„Du bist der Klügste von uns allen, ja?!", sagt Mikola zu Dmitrij.

„Ja, ich bin schlau. Ich kann euch alle über die Menschenrechte beraten."

„Ich scheiß auf deine Beratung! Die Rechte und die Wirklichkeit decken sich nie..."

Ivan mischt sich ein:

„Ich werde niemals freiwillig hungern! Dieser Blödsinn ist was für solche, die nie tatsächlich gehungert haben. Ich habe auf der Straße schon genug gehungert, mir reicht's! Hier kriegt man wenigstens was zum Essen. Drei mal am Tag! Ja, okay, das ist hier kein Kurort, aber man kann leben ... Und abwarten... Ich hab sowieso keine Eile..."

Bei diesen Worten schaut Ivan Ahmed an. Der antwortet ihm mit einem verständnisvollen Blick. Dann wendet er sich schnell ab.

***

Eine kleine Parkanlage in Wien. Nacht. Ivan und Ahmed sitzen auf einer Bank. Es ist kalt.

„Lass uns abwechselnd schlafen", sagt Ahmed, „einer schläft, und der andere passt auf. Wenn jemand kommt, weckt er den anderen."

„Und wenn wir beide einschlafen..."

„Dann... es wäre Schicksal...", sagt Achmed.

„Schicksal...", wiederholt Ivan.

„Wenn wir zufällig mit anderen Tschetschenen zusammen kommen, erzähl' nichts über mich."

„Ich verstehe. Ich schwöre, kein Wort werde ich sagen. Aber über mich kann ich erzählen."

„Das ist deine Sache. Ich werde über dich genau so wenig sagen."

„Früher oder später wird man uns sowieso verhaften. Vielleicht wäre es sogar besser… Die Nächte sind schon viel zu kalt geworden. Was machen wir, wenn der Winter kommt?"

„Im Winter halten wir es hier nicht aus. In der Schubhaft ist es wenigstens warm. Man bekommt was zu essen…"

„Mir ist vor lauter Hunger schon dunkel vor den Augen geworden."

„Ja, mir auch. Wann haben wir zum letzten Mal gegessen?"

„Gestern früh, erinnerst du dich, eine Alte hat uns zwei Semmeln gegeben."

„Hättest du dir je gedacht, dass du ein Bettler wirst?"

„Ich? Nie! Nie im Leben! Und du?"

„Ich noch weniger. Ich dachte immer, dass es besser tot zu sein als bettelarm. Sterben will aber keiner…"

„Wir, also meine Mutter und ich, wir waren in letzer Zeit ziemlich arm, wir hatten aber immer was zu essen. Sogar in den schlechtesten Zeiten. Erdäpfel hatten wir immer, auch Sauerkraut. Mutter hat immer Vorräte aus unserem Gemüsegarten im Keller gehabt. Und jetzt… Wir betteln… Und das in Wien! Ich habe mir Ausland anders vorgestellt... Übrigens, dort an der Ecke gibt es einen Würstelstand…"

„Na und?"

„Tja, ich hab was gesehen… Einige beißen nur einmal ab und werfen den Rest in den Mistkübel, es schmeckt ihnen nicht…"

Die Burschen schauen einander an, stehen auf, und wie auf Kommando gehen sie in Richtung Würstelstand. Sie bleiben neben dem Müllbehälter kurz stehen, und wieder schauen sie einander an. Ivan hebt langsam den Deckel des Mistkübels auf… .

***

Schubhaft-Zelle.

Ivan und Ahmed spielen Karten. Die Iraner knien auf ihren kleinen Gebetsteppichen mit dem Gesicht zum Fenster. Die anderen liegen auf ihren Betten, schlafen oder lesen. Kadyr ist wie immer wütend. Bewegungslos schaut er zur Decke.

Ivan, ohne von seinen Karten aufzuschauen:

„Kadyr, komm', spiel mit uns!"

Kadyr antwortet nicht. Ivan schaut noch immer in die Karten in seiner Hand und wiederholt:

„Kadyr, na komm..."

Ahmed sagt leise:

„Lass ihn bitte in Ruhe."

***

Nacht. Man hört in größerer Entfernung Explosionen und vereinzelte Geschoßeinschläge. Am Himmel erscheinen Blitze. Kadyr steht wie gelähmt vor den Trümmern seines Hauses. Aus der Ruine steigt Rauch auf und Feuerzungen flackern hoch. Das Haus wurde von einer Bombe getroffen. Er kommt zur Besinnung und stürzt sich auf die Trümmerhaufen, er versucht verzweifelt, die Steine abzutragen. Er schreit:

„Sie sind hier, sie waren alle im Haus, sie saßen im Keller!"

Er beginnt mit bloßen Händen die Steine zur Seite zu schieben.

Zwei andere Tschetschenen, die viel älter sind als er, versuchen ihn festzuhalten. Er stößt sie weg und schreit weinend:

„Lasst mich sie ausgraben! Haltet mich nicht auf, wenn ihr schon nicht helfen wollt!"

„Verstehe endlich, sie sind umgekommen! So ein Treffer... Hier konnte niemand heil bleiben. Es gibt keinen Keller mehr. Schau...", sagt einer der umstehenden Tschetschenen.

Kadyr findet unter einem Stein einen Kinderschuh. Er hebt ihn auf.

„Mein Schwesterchen, erst drei Jahre alt… Meine Mutter…"

Der ältere Tschetschene packt Kadyr mit beiden Händen an den Schultern und zieht ihn mit dem Gesicht zu sich:

„Sieh mich an!"

Dann drückt er Kadyrs Kopf an seine Brust:

„Beruhige dich. Die Rache ist unser!"

***

Wald. Eine tschetschenische Kampfeinheit macht eine Verschnaufpause unter den Bäumen. Unter ihnen befinden sich auch zwei Gefangene, es sind russische Soldaten. Ihre Hände sind hinter dem Rücken zusammengebunden. Beide sind höchstens 18 Jahre alt.

Kadyr schaut sie an.

Sein Gesicht ist gealtert, von der Witterung gegerbt. Wie alle anderen trägt er einen grünen Tarnanzug und hat eine Kalaschnikow über der Schulter.

Einer der Kämpfer wendet sich an den Kommandanten:

„Was machen wir mit den Gefangenen? Brauchen wir sie? Müssen wir sie in die Berge mitschleppen?"

„Ob wir sie brauchen? Ich muss nachdenken."

Die Kämpfer nehmen ihren Proviant und die Feldflaschen heraus.

„Gebt uns bitte was zu trinken!", sagt einer der Gefangenen.

„Ja, gleich!", tritt Kadyr dem Gefangenen mit dem Stiefel fest in die Rippen.

Der Tag ist noch jung. Eine leichte Brise streift durch die Baumkronen. Der Himmel ist blau.

Die Männer haben schon gegessen, manche von ihnen sitzen einfach da, andere sind eingenickt.

„Es wird Zeit!", sagt der Kommandant endlich.

Er denkt kurz nach und zeigt auf die Gefangenen:

„Und die da… Erschießen! Wer will übernehmen?"

„Erlaube mir, Kommandant!", sagt Kadyr bereitwillig.

„Erteilt!"

Kadyr zwingt die Gefangenen mit Fußtritten aufzustehen, dann stößt er ihnen das Gewehr in den Rücken:

„Schneller, schneller, wir haben keine Zeit!"

Er führt die Gefangenen zum Abhang. Sie verschwinden hinter den Büschen. Ein Schuss ist zu hören, und danach einen herzzerreißender, furchtbaren Schrei. Dann wieder ein Schuss und wieder ein Schrei, danach noch einige weitern, bis es endlich still wird.

Der Kommandant und die Kämpfer schauen einander an. Kadyr kommt zurück. Auf seinem Gesicht ein zufriedenes Lächeln.

***

Zelle in der Schubhaft. Kadyr beobachtet das Kartenspiel.

„Kadyr, spiel mit!", sagt Ahmed.

Kadyr antwortet nicht und schaut Ivan mit offenem Hass an, dann sagt er leise und langsam:

„Wie gern hätte ich dir die Kehle durchgeschnitten!"

Ivan spielt weiter und schaut Kadyr nicht an, er glaubt, es wäre ein Scherz. Seine dicken Lippen lächeln, er ist ganz auf das Spiel konzentriert.

Kadyr zu Ahmed:

„Und dir übrigens auch!"

„Was habe ich dir getan?", fragt Ahmed.

„Du bist mit einem Russen befreundet!"

„Beruhige dich, Kadyr, Russen sind auch Menschen", sagt Ahmed ganz ruhig.

Ivan, grinsend:

„Tschetschenen übrigens auch…"

Kadyr macht einen Schritt auf Ivan zu und erhebt seinen Faust.

Im selben Moment öffnet sich die Tür und der Wärter rollt einen kleinen Tisch in die Zelle herein. Der zweite Wärter bleibt hinter ihm stehen.

„Abendessen!", sagt er und wendet sich zu den Iranern. „Heute ist euer Glückstag! Morgen in der Früh verlasst ihr uns!"

„Na, bitte, die haben Glück! Morgen sind sie frei. Und wir...", sagt Dmitrij.

Es wird gegessen.

Der Georgier Vazha, empört:

„Wie kann man so etwas essen! Das war ja Scheiße!"

„Ich finde es ist besser, als zu hungern", sagt Ivan, „Du hast wahrscheinlich nie gehungert!"

„Habe ich! Dennoch werde ich diese Scheiße nicht essen!"

„Dann sag ihnen, dass sie extra für dich Charcho[1] kochen sollen!", witzelt Ivan.

„Wir alle essen, und du brauchst eine Extrawurst?", sagt Mikola.

„Ja, ich bin Extra! Und überhaupt, schaut euch an, was für einen Saustall ihr aus der Zelle gemacht habt! Warum räumt ihr nicht auf?"

„Wenn's dich stört, dann räum doch selber auf! Hast du früher in einem Palast gelebt?", entgegnet Mikola.

„Ja, ich habe in Palästen gelebt!", sagt Vazha böse.

„Ja, sicher! In einem Palast namens Leoben...", sagt Dmitrij spöttisch.

„Ja, ich war im Gefängnis! Na und? Dort herrschte wenigstens Ordnung! Und Sauberkeit. Dort gibt es sogar eine Sporthalle! Aber hier mit euch verreckt man im Schmutz. Und man verreckt vor Langeweile!"

„Wofür bist du gesessen?", fragt Ahmed.

---

[1] Georgische Rindfleischsuppe mit Reis

„Wofür, wofür! Das ist meine Sache!"

Ivan grinst:

„Hast du jemanden erstochen oder eine Bank ausgeraubt?"

Vazha fährt in die Höhe und will sich auf Ivan stürzen. Ahmed versperrt ihm den Weg und sagt:

„Mit mir wirst du raufen! Aber nicht jetzt! Wir rechnen ab, wenn wir wieder im Freien sind. Okay?"

Ivan, noch immer grinsend:

„Ich versteh dich nicht, du sehnst dich nach dem Gefängnis?"

„Und das hier ist kein Gefängnis? Dort wusste man wenigstens, was einen am nächsten Tag erwartet. Und hier… Jeden Tag drohen sie dir, dich nach Hause zu schicken..."

„Hast du dich schon bei Mama Bock beklagt?", fragt Dmitrij, „Es heißt, sie hätte die Unterkunft für die Flüchtlinge selber finanziert. Außerdem soll sie ein Herz besonders für Georgier haben." Niemand reagiert. Dmitrij schweigt kurz und fragt weiter: „Willst du wirklich nicht nach Hause? Alle Georgier wollen doch nach Hause. Heim in ihr Land mit den Bergen und Mandarinen…"

Vazha hat sich schon beruhigt:

„Und wie! Ich kann aber nicht nach Hause! Sie würden mich umbringen."

„Wer? Saakaschwili?

„Eh… Nein. Was hat Saakaschwili damit zu tun?"

„Und wer dann?"

„Das geht dich nichts an!"

„Also, wenn du nichts sagen willst, dann mach auch keine Andeutungen! Es ist aber klar, wenn nicht Saakaschwili…, dann kann das nur eins bedeuten… die georgische Mafia…"

Vazha wird wieder böse:

„Halt's Maul!"

Ivan unterbricht die beiden:

„Ach, wenn Ihr wüsstet, wie sehr ich mich nach meinem Dorf sehne…"

Ein russisches Dorf. Ein kleines Holzhaus mit einem Vorgarten, in dem Dahlien blühen. Hinter dem Haus ist ein Gemüsegarten. Ivan sitzt auf der Bank vor dem Haus und spielt Ziehharmonika. Aus dem Haus hört man Stimmen, dort wird gefeiert, dann kommen Burschen und Mädchen heraus.

„Wanj, also, wann ist es so weit? Morgen schon?", sagt ein Mädchen.

„Ja, sobald es dämmert muss ich zur Eisenbahnstation."

„Hast du keine Angst, dass man dich nach Tschetschenien schicken wird?", fragt ein anderes Mädchen.

„Wovor soll ich Angst haben?! Wohin sie mich schicken, dorthin fahre ich, ob ich mich fürchte oder nicht.... Ich hab schon immer den Kaukasus sehen wollen..."

„Ja, ja, einmal im Leben im schönen Kaukasus Urlaub machen – der Traum aller Russen. Du mit deinen makabren Scherzen!", sagt einer der Burschen.

„Und deine Tanja ist nicht gekommen?", fragt das erste Mädchen.

„Du siehst ja, dass sie nicht da ist! Sie ist nicht meine! Sie mag mich nicht. Sie geht mit einem anderen..."

Ivan zieht die Ziehharmonika wieder auf und singt ein trauriges Lied. Die anderen beginnen mitzusingen.

Ivan hört unvermittelt auf zu spielen und sagt:

„Hei, Leute, wenn ich weg bin, ist meine Mutter ganz allein, sie hat sonst niemanden. Also, kommt, besucht sie... Wer weiß, ob sie nicht krank wird.... Sie hat nur mich..."

Die Freunde beruhigen ihn, nein, sie werden seine Mutter nicht im Stich lassen. Die ganze Gruppe singt weiter und entfernt sich langsam.

Auf der Treppe bleibt nur Ivans Mutter zurück. Sie trägt ein dunkles Kleid mit Blümchenmuster. Ihr Kopftuch ist im Nacken unter dem Haar zusammengebunden. Sie schaut den jungen Leuten nach und wischt sich die Tränen mit dem Saum des Kopftuches ab.

Die Zelle in der Schubhaft.

Ivan sitzt mit finsterem Gesicht da und starrt in die Ferne.

Sagt, wie zu sich selbst:

„Ich habe meine Mutter zuhause gelassen. Sie ist ganz allein. Wir haben keine Verwandten… Nur die Nachbarn… Und eine Katze… Ich kann ihr nicht einmal einen Brief schreiben. Wer weiß, ob ich sie jemals wiedersehe."

„Meine Mutter hat auch keine Kinder außer mir…", sagt Ahmed.

Lange Pause. Dann redet Ivan weiter:

„Jetzt sind in unserem Dorf die Äpfel reif. Meine Mutter hat vier Apfelbäume. Und viele Blumen. Sie hat die schönsten Dahlien im ganzen Dorf. Früher hat keiner in unserem Dorf Blumen angepflanzt, Blumen wuchsen einfach so, von selbst. Erst nachdem meine Mutter ihre Dahlien gepflanzt hatte, haben die anderen es ihr nachgemacht. Jetzt gibt es so etwas wie einen Wettstreit, wer die schönsten Blumen hat."

Er schweigt lange und fügt dann hinzu:

„Die Erdäpfel muss sie dieses Jahr alleine ernten… Das ist kein leichter Job…"

Ivan legt sich auf sein Bett und dreht sich mit dem Gesicht zur Wand. Ahmed klettert auf das Bett über ihm und setzt sich im Türkensitz hin, die Beine gekreuzt.

***

Rückblende.

Sommer. Mittag. Der begrünte Hof eines Wohnhauses in Novosibirsk. Der Hof ist menschenleer, nur Ahmed und Mila sitzen auf einer Bank im Schatten unter einem Baum.

Mila ist blond und hat Sommersprossen. Sie trägt ein helles Kleid und helle Schuhe. Ahmed und Mila sind sehr glücklich miteinander.

„Fährst du wirklich bald nach Grosny?", fragt Mila.

„Ja, ich muss Avar besuchen. Meinen Onkel väterlicherseits.

„Warum?"

„Er verlangt es. Du weißt, mein Vater ist tot. Nein, er ist nicht im Krieg gefallen. Er war krank, er hatte Krebs. Den tschetschenischen Gesetzen nach müsste ich eigentlich bei der Familie des Onkels bleiben, und meine Mutter hätte zu ihren Verwandten zurückgehen müssen. Sie wollte das aber nicht. Ich hatte auch große Angst, dass man uns trennen würde. Nachdem ich schon meinen Vater verloren habe…"

„Wie ist es weiter gegangen?"

„Als mein Vater gestorben ist, dachte ich, dass nun alles aus und vorbei wäre. Dass ich nie wieder lachen würde. Dann, als Onkel Avar mich meiner Mutter wegnehmen wollte, dachte ich, dass ich lieber sterbe… Meine Mutter hat das aber nicht zugelassen…"

„Seid ihr einfach weggelaufen?"

„Das kann man so sagen. Der Bruder meiner Mutter hat ihr geschrieben, dass sie mit mir zu ihm kommen soll. So kam ich nach Novosibirsk. Ich bin sehr glücklich, dass es sich so ergeben hat, sonst hätte ich dich niemals kennengelernt."

Mila lächelt:

„Ich bin auch froh, dass du so einen guten Onkel in Novosibirsk hast. Er ist doch gut, nicht wahr?

„Onkel Sadek? Ja, er hat ein gutes Herz."

„Warum lebt er in Novosibirsk?"

„Er ist schon lange hier. Er hat hier studiert, als die Sowjetunion noch existierte. Dann hat er seine Studienkollegin geheiratet. Eine Russin…"

„Ist seine Frau auch gut zu dir?"

„Ja, sie ist auch nett. Und sehr hübsch. Aber auch sehr streng. Jeder in der Familie hat seine Pflichten. Mit meinem Cousin und mit der Cousine verstehe ich mich auch prima. Die beiden sind etwas jünger als ich. Ich bin wie ihr älterer Bruder", sagt er stolz.

„Wozu sollst du dann nach Grosnyj fahren?", fragt Mila.

„Onkel Avar hat es befohlen. Er hat gesagt, sonst kommt er selber und holt mich ab. Es wird aber nicht lange dauern. Nur ein paar Wochen. Meine Mutter will auch nicht, dass ich fahre. Ich muss aber. Ich komme bald zurück."

Mila schweigt, dann sagt sie nachdenklich:

„Nicht alle Verwandten mögen einander. Freunde stehen dir oft näher als die Verwandten."

„Ja, das weiß ich."

„Du bist mir näher als alle Verwandten… Ich liebe meine Familie, aber dich... Du bist jetzt für mich…"

Mila verstummt und wird rot.

„Ihr Russen seid ein großes Volk", sagt Ahmed, „und wir sind klein. Vielleicht sind wir deswegen so stark miteinander verbunden."

„Darüber habe ich noch nie nachgedacht", sagt Mila und wechselt das Thema. „Nächstes Jahr sind wir beide mit der Schule fertig, dann können wir machen, was wir wollen, dann sind wir erwachsen…"

„Dann können wir heiraten!"

„Oh ja! Wir werden heiraten, aber wir sind noch viel zu jung. Wir sollten nach der Schule zuerst studieren."

„Nach tschetschenischem Gesetz sind wir alt genug, wir könnten auch schon jetzt heiraten."

„Standesamtlich dürfen wir noch nicht heiraten. Wir sind noch nicht achtzehn."

„Also, ohne Standesamt kommt es für dich nicht in Frage?"

„Natürlich nicht! Es soll alles richtig sein…"

„Willst Du mich wirklich heiraten?"

„Oh ja! Ich will. Aber nicht jetzt…"

Ahmed und Mila küssen sich. Ahmed:

„Und deine Eltern? Werden sie etwas dagegen haben?"

„Das weiß ich nicht. Ich glaube, sie werden versuchen, uns zu überreden, dass wir zuerst studieren."

„Ich meine, ob sie etwas dagegen hätten, dass du einen Tschetschenen heiratest…"

Mila antwortet unentschlossen:

„Ich weiß es nicht. Ich bin mir aber sicher, wenn sie dich kennenlernen, werden sie alle ihre Vorurteile fallen lassen. Meine Eltern sind nicht böse. Und deine? Werden deine Verwandten mich mögen?"

„Solange wir in Novosibirsk leben, ist das egal. Sollten wir aber irgendwann nach Tschetschenien ziehen wollen... Dort entscheiden jetzt alles die Ältesten. Sie würden sicher verlangen, dass du Muslimin wirst..."

Mila schaut Ahmed erstaunt an.

„Wir müssen aber nicht nach Tschetschenien ziehen!", sagt Ahmed eilig, „Wir bleiben hier. Meine Mutter mag dich jetzt schon. Mein Onkel ist selber mit einer Russin verheiratet ... und bei uns zuhause läuft sowieso alles nach dem Willen der Tante."

Beide lachen.

„Bei uns Russen ist es immer so", sagt Mila, und, nach einer Pause, „Ich liebe dich so sehr! Es tut weh, wenn ich nur daran denke, dass jemand versuchen könnte, uns zu trennen."

„Mir geht es genauso. Du weißt, mit dir bin ich ein anderer Mensch. Weil du mich liebst. Früher hatte ich oft so eine Wut in mir. Ich wusste selber nicht, warum. Aber jetzt bin ich vollkommen glücklich."

„Ich bin auch glücklich mit dir. Bleib doch da! Fahr nicht weg! Ich will nicht, dass du wegfährst. Ich habe so ein ungutes Gefühl... Du darfst nicht wegfahren!"

„Ich weiß. Ich komme bald zurück. Schon eine Woche ohne Dich kommt mir vor wie eine Ewigkeit. Es macht mich ganz krank, wenn ich nur daran denke, dass wir uns so lange nicht sehen werden. Ich mag dich so sehr! Für immer."

„Ich mag dich auch."

Sie sitzen lange schweigend da, ihre Schultern berühren sich. Mila:

„Lass uns glücklich sein. Jeden Tag. Und heute gehen wir Rollschuhe fahren!"

„Aber nur, wenn du mich jetzt sofort küsst! Gib mir einen Kuss, so lange uns keiner sieht."

Ahmed und Mila küssen sich.

***

Schubhaftgefängnis. Ahmed sitzt immer noch auf seinem Bett in derselben Pose, als würde er meditieren oder beten. Alle schlafen. Vor dem Fenster wird es schon hell. Der neue Tag bricht an.

***

Ivan betritt ein großes graues Zimmer, es ist ein Gesprächsraum im Schubhaftgefängnis. Aus einem Fenster hoch oben im Raum fällt ein Lichtstrahl auf den Tisch. Ein Tisch mit vier Stühlen steht in der Mitte des Zimmers. Eine Karaffe mit Wasser, Gläser. Am Tisch sitzt die Sozialarbeiterin Katrin. Mit einer Geste fordert sie Ivan auf, sich hinzusetzen.

„Wollen Sie mir Ihre Geschichte erzählen?"

„Oh, Sie sprechen russisch! Wo haben Sie unsere Sprache gelernt?", fragt Ivan zurück.

„Hier, in Wien. Am Gymnasium."

„Ich habe auch in der Schule Deutsch gelernt, aber nicht so gut wie Sie. Erst hier lerne ich weiter…"

„Haben Sie Familie?"

Ivan seufzt kummervoll:

„Ich habe nur meine Mutter. Sie hat sich vielleicht schon die Augen ausgeweint."

„Erzählen Sie, warum mussten Sie flüchten?"

„Was soll ich da erzählen! Ich habe schon in Traiskirchen alles erzählt. Dort hat man mir nicht geglaubt."

„Ich werde Ihnen glauben."

„Also, gut! Ich wurde in die Armee eingezogen. Es war voriges Jahr im Herbst. Ich war gerade achtzehn geworden. Meine Mutter hat für mich ein großes Abschiedsfest gegeben! Die ganze Nacht hat keiner im Dorf geschlafen. Das ist so bei uns. In der Früh sind alle meine Freunde zum Bahnhof gekommen, um sich von mir zu verabschieden. Wir haben die ganze Nacht gefeiert. Im Zug schlief ich sofort ein.

Wir fuhren den ganzen Tag und noch die ganze Nacht. Dann sind wir in einem Militärcamp angekommen. Dort habe ich erfahren, dass sie mich tatsächlich nach Tschetschenien schicken werden. Zwei Monate lang... Im Camp hat man uns politisch vorbereitet, man erzählte uns, wer diese Tschetschenen wirklich sind, und warum wir sie bekämpfen müssen. Stundenlang ging ich herum in dem Camp, keiner hat sich wirklich um uns gekümmert. Aber wir haben Schießen gelernt. Mir hat das gefallen zu schießen. Besonders nachdem ich meinen ersten Erfolg hatte. Ich verpasste kaum ein Ziel. Es hat mir richtig Spaß gemacht! Als ich noch ein Kind war, haben wir oft Krieg gespielt. Jetzt war es so, als ob es immer noch ein Spiel wäre. Ich habe nicht gewusst, dass ich so ein präzises Auge und eine sichere Hand habe. Ich bin ein guter Schütze. Das hat mich selber überrascht. Man hat mich mein Leben lang einen Nichtsnutz genannt. Nein, die Gesetze habe ich nicht verletzt. Ich bin einfach ein Mensch, der nichts ernst nimmt.

Zwei Monate später hat man uns wieder in den Zug gesetzt und an die Front gebracht. Mit meinen neuen Kameraden bin ich gut ausgekommen. Sie waren gute Kumpel.

Ehrlich gesagt, mir erschien das alles wie ein Spiel. Ich träumte sogar davon, dass ich ein Held werde. In der Kindheit habe ich gern Kriegsfilme angeschaut. Ich weiß nicht, vielleicht dachte ich mir, es wäre alles wie in einem Film, wo man genau weiß, wer der Feind ist und wer der Freund... Ich dachte ... Ich weiß eigentlich nicht, was ich damals dachte. Ich glaube, dass ich nicht fähig war, zu denken.

Also, zehn Stunden am Tag wurden wir von einem Ort zum anderen getrieben. Das macht nichts, ein Mann muss alles ertragen können. Dann, eines Tages, fuhren mir mit dem Lastwagen, und dann weiter zu Fuß in einen Wald. Es wurde schon dunkel. Wir lagen am Rande eines tiefen Grabens. Wir sollten warten. Worauf wir warteten, hat keiner gesagt. Eine Feldflasche mit Wodka wurde von einem zum anderen weitergegeben. Ich habe auch einen Schluck gemacht. Für die Tapferkeit, hieß es, und damit uns warm bleibt. Lange auf der Erde zu liegen ist gar nicht lustig. Plötzlich hörten wir Schüsse. Es ging los! Ich habe nicht sofort verstanden, wer da auf wen schießt. Ich habe auch geschossen. Aber irgendwohin, im Dunkeln habe ich sowieso nichts gesehen.

Ob ich Angst hatte? Nein, nicht wirklich. Dass es auch mich treffen könnte, daran habe ich nicht gedacht. Ich war plötzlich sehr aufgeregt. Ich wollte schon aufstehen und nach vorne laufen. Mein Kamerad Saschka, der neben mir lag, hat mich am Bein zurückgehalten und ich fiel hin. Er war richtig böse auf mich. Die Schießerei hat ebenso plötzlich aufgehört, wie sie angefangen hatte. Ich fühlte, dass die Tschetschenen ganz nahe sind, mir war, als könnte ich sie atmen hören. Sie lagen auf der anderen Seite des Grabens.

Die Zeit verging sehr langsam. Mir wurde kalt, und der ganze Körper wurde steif. Wir lagen aber ganz still. Irgendwo an der rechten Flanke hörte ich wieder einzelne Schüsse, dann wurde es wieder still. Der Kommandant hat uns den Befehl gegeben, zu warten.

Und plötzlich, mitten in dieser Stille, höre ich auf der anderen Seite des Grabens, wie zwei Männer untereinander Russisch reden. Können Sie sich das vorstellen? Auf der Seite des Feindes spricht man deine Sprache. Russisch! Ich hörte sogar einzelne Sätze. In diesem Moment hat sich für mich alles verändert. Man hat uns eingeredet, dass die Tschetschenen unsere Feinde sind, in Wirklichkeit gehören wir alle zum sowjetischen Volk. Auf beiden Seiten des Grabens wurde Russisch gesprochen. In dem Moment bin ich fast verrückt geworden."

Ivan steht auf und beginnt zu gestikulieren. Katrin sieht ihn an. Dann verstummt Ivan und lässt sich resigniert zurück auf den Sessel fallen.

„Vielleicht wollen Sie eine Pause machen? Wollen Sie etwas Wasser?"

„Nein, danke. Nichts. Ich habe mich schon beruhigt. Ach ja, Wasser, ja… bitte…"

Katrin gießt Wasser aus der Karaffe ins Glas. Ivan trinkt gierig, dann sagt er:

„Wiener Wasser ist gut…"

Katrin nickt. Ivan schweigt eine Weile, Katrin wartet geduldig. Dann setzt er seine Erzählung fort:

„Das ist noch nicht alles. Ich hatte ein Gefühl, als ob ich nach einem langen Schlaf gerade aufgewacht wäre. Meine Gedanken wurden wieder klar. Zum ersten Mal seit meiner Abschiedsfeier hatte ich das Gefühl, wieder nüchtern zu sein. Ich begriff, dass wir nicht mehr auf Zielscheiben schießen, sondern auf Menschen. Menschen wie ich, aus Fleisch und Blut.

Da habe ich vielleicht zum ersten Mal in meinem Leben richtig verstanden, was Sünde ist… Das war kein Gedanke, eher ein Gefühl, eine Gewissheit, überwältigend. Schrecklich ist nicht so sehr das, was du gemacht hast oder was du machen wirst, das Schrecklichste ist, dass es dich für den Rest deines Lebens verfolgen wird. Für den ganzen Rest deines Lebens! Verstehen Sie?"

Er schweigt wieder eine Weile und setzt dann fort:

„Also… Bald begann der richtige Kampf. Es wurde geschossen, jemand hat laut geschrien und geschimpft. Die verwundeten Tschetschenen haben auch auf Russisch geschimpft. Zum ersten Mal im Leben sah ich, wie jemand stirbt. Und ich lag da, wie gelähmt. Lieber wäre ich tot gewesen als selber zu töten. Was würde ich dann meiner Mutter sagen? Wissen sie, meine Mutter ist eine sehr gläubige

Frau… Dann höre ich eine Stimme: ‚Arschloch, warum schießt du nicht, bist du eingeschlafen?!' Da schoss ich, aber ohne zu zielen, wieder irgendwohin nach oben. Saschka hat das gesehen und drohte mir: ‚Na warte, falls wir am Leben bleiben, kommst du vor der Kriegsgericht. Wenn ich dir nicht selber deinen Kolben wegpuste!'

Alle standen plötzlich auf und liefen nach vorne. Ich auch. Das hieß Angriff. Nach ein paar Schritten bin ich aber über einen Baumstumpf gestolpert. Der Schmerz war so groß, dass ich mir sicher war, dass mich eine Kugel am Bein getroffen hat. Als ich zu Boden fiel, bin ich mit dem Kopf an einem Baumstamm aufgeschlagen. Ich wurde bewusstlos..."

Ivan schweigt mit gesenktem Kopf. Katrin sieht ihn voll Anteilnahme an.

„Also, und was war weiter?", fragt sie.

„Verstehen Sie nicht, ich bin ein Verräter. Ich habe meine Leute verraten. Sie haben ihr Leben riskiert. Und ich… Ich war verpflichtet… ich habe einen Eid geschworen. Und dann gebrochen. Auch das ist eine Sünde. Meine Kameraden werden es mir nie verzeihen. Sie haben auch recht. Damals wusste ich einfach nicht, was recht und was unrecht ist. Ich weiß es im Grunde noch immer nicht. Ich will einfach niemanden töten. Der Feind, das waren nicht irgendwelche Fremde, das waren auch unsere Leute. Verstehen Sie… Als ich gehört habe, dass sie Russisch reden… Verstehen Sie mich?"

„Ja, ich verstehe. Und was war weiter?"

„Weiter …"

***

Ein junger Wald. Ivan liegt auf dem Boden. Hinter den Bäumen hört man das Knacken eines Astes.

Ivan schreit:

„Bleib stehen oder ich schieße!"

Er schaut auf seine leeren Hände und tastet nach dem Gewehr, sieht es weit entfernt, außer Griffweite, liegen. Ivan will aufstehen, der Schmerz aber zwingt ihn zurück auf den Boden. Er schaut auf sein Bein und sieht, dass es stark angeschwollen ist. Dann hört er eine Stimme:

„Wenn Du schießt, schieße ich auch!"

In nächsten Moment springt ein Mann aus dem Gebüsch. Er hat kein Gewehr, aber er geht auf Ivan los. Beide wälzen sich am Boden. Ivan schreit laut vor Schmerz. Der Angreifer ist verblüfft. Beide setzen sich. Sie schauen einander direkt in die Augen. Dann greift Ivan an sein Bein und stöhnt vor Schmerz.

„Warte, lass uns reden! Bist du ein Tschetschene?", sagt Ivan.

Ahmed antwortet zänkisch:

„Ja! Sieht man das nicht?"

„Was machst du hier?

„Dasselbe wie du. Ich bin verletzt, siehst du nicht, deshalb bin ich zurück geblieben. Und du?"

Ahmed schweigt und schaut zur Seite.

„Na klar! Du auch…"

Ivan lässt den Kopf sinken, ihn quälen Angst und Scham. Ahmed fühlt sich auch nicht besser, in seinen Augen steht Trauer. Dann sagt er verächtlich:

„Tja, du hast Angst zu sterben! Ist dir dein kümmerliches Leben so viel wert?!"

„Nein, ich pfeife auf mein Leben!"

„Und warum bist du auf der Flucht?"

„Ich bin nicht auf der Flucht. Siehst du nicht, mein Bein…", sagt Ivan unsicher.

„Ich sehe, dass du auf der Flucht bist. Erzähl keine Märchen!"

„Ja, vielleicht hast du recht. Ich kann nicht…"

„Was kannst du nicht?"

„Ich kann nicht auf die eigenen Leute schießen."

„Von wegen! Sag jetzt nicht, dass du ein Tschetschene bist!", sagt Ahmed verblüfft und schaut Ivan an.

„Nein, ich bin ein Russe. Aber ihr sprecht auch Russisch. Sind wir wirklich Feinde?"

„Ah ..."

Beide verstummen, sprachlos. Dann Ahmed:

„Ja, auf einen Menschen schießen... Das ist nicht so einfach."

Ivan ist erleichtert das zu hören:

„Also du verstehst mich. Ich heiße Wanja. Und du?"

„Ahmed."

„Gut, was machst du hier wirklich?"

„Ich hab mich im Wald verirrt. Jetzt muss ich meine Leute einholen. Dich nehme ich mit. Vielleicht bekomm ich einen Orden für einen Gefangenen."

Ivan grinst und erwidert:

„Aha! Weißt du, ich bin von meiner Großmutter fortgegangen, ich bin von meinem Großvater fortgegangen, und bei dir bleib ich auch nicht..."

„Du lachst. Dieses Märchen kenn ich auch. Weißt du denn nichts von der Großfahndung nach jungen Tschetschenen?! Alle sind hinter uns her. Wenn die Russen einen fangen, sagen sie, er ist ein Terrorist, und sie können ihn auf der Stelle erschießen. Wenn die Tschetschenen... Zuerst schicken sie dich zu den Wahhabiten, die dir eine Gehirnwäsche verpassen..."

Ivan unterbricht ihn:

„Hast du gekämpft?"

„Wer bist du, dass du mir diese Fragen stellst? Willst du etwa über mich richten?", sagt Ahmed bissig.

Ivan lenkt ein:

„Ich verurteile niemanden. Jeder ist sein eigener Richter. Wenn du nichts sagen willst, sag ich dir auch nichts. Von mir kann ich alles erzählen. Ich habe keine Geheimnisse. Ich habe meine Leute verraten. Am liebsten würde ich mich selber erschießen."

Beide schweigen. Dann geht Ahmed weg. Bald kehrt er mit ein paar Holzstücken zurück. Er zieht seine Jacke, sein Hemd und sein Unterhemd aus. Zieht das Hemd und die Jacke wieder an und beginnt, das Unterhemd in Streifen zu reißen.

„Ich mach dir eine Schiene fürs Bein…", sagt er.

„Warum hast du dein Unterhemd zerrissen? Ich hab selber eines."

Ahmed schient Ivans Bein, erzählt währenddessen mit blasser Stimme:

„Ich bin eigentlich auch ein Fahnenflüchtiger. Nicht, dass ich das wollte… Vor einem Monat wurde ich schwer verwundet, eine Bombe ist direkt neben mir explodiert, dadurch hab ich so etwas wie einen Schlaganfall gekriegt. Man hat mich in ein Haus gebracht und später ins Spital. Es ging mir wieder besser, nur mit dem linken Auge hab' ich noch sehr schlecht gesehen. In der Nacht bevor ich das Spital verlassen sollte, sind die Russen gekommen. Alle Männer, die gehen konnten, haben sie mitgenommen. Es war dunkel, ich wusste nicht, wohin man mich bringt. Es sah von außen aus wie ein typisches tschetschenisches Bauernhaus mit einem großen Innenhof. Man hat mich in einen Keller gesteckt. Insgesamt habe ich dort vier Zellen gesehen, sie waren aber leer."

„Wozu sollten Bauern so einen Keller mit mehreren Zellen haben?", fragt Ivan.

„Woher soll ich das wissen? Lass mich weiter erzählen! Ich habe das noch niemandem erzählt. In der Zelle gab es nur einen Eimer, eine Matratze und ein großes Gurkenglas mit Wasser. Ich hörte Stimmen von oben. Dann wurde es richtig laut. In einer halben Stunde hat sich aber alles wieder beruhigt und ich bin eingeschlafen. Als ich wieder wach wurde, war absolute Stille. Kein Geräusch, kein Ton zu hören. Beängstigend! Der ganze Tag verging. Das Haus war offensichtlich leer, keiner hat sich um mich gekümmert. Ich hatte Hunger. Am Anfang habe ich mir überlegt, was ich bei der

Befragung sagen würde. Ich hatte Angst, dass man mich foltern würde. Dann aber wurde mir klar, dass es keine Befragung geben würde. Man hat mich einfach allein da gelassen. Stell Dir vor, sie haben mich vergessen!"

Er schweigt lange, dann beginnt er weiter zu erzählen, aber man sieht, dass es ihm schwer fällt.

„Ich sage dir, ich hatte solche Angst! So eine Angst hatte ich noch nie. Wenn du in einem Gefecht Angst hast erschossen zu werden, spürst du gleichzeitig viel Energie in dir, weil du kämpfst. Manchmal kommt sogar eine merkwürdige Erregung dazu, weil diese Angst heiß ist. Die Angst aber, die ich im Keller erlebt habe, war kalt, sie war unerträglich, schrecklich. Kennst du diese kalte Angst? Die Kälte dringt in jede Körperzelle. Ich war alleine, ganz allein…"

Er schweigt wieder eine Weile.

„Verstehst du? Von allen verlassen zu sein! Sogar von den Feinden… Da dachte ich mir, sogar gefoltert werden wäre besser als so allein zu sein. … Die Tür war verschlossen, und das Fenster war vergittert. … zu klein, da wär nicht einmal ein Kind durchgekommen. Ich kenne solche Häuser, sie stehen immer irgendwo abgelegen, mitten im Feld, oder am Waldrand. Ich habe solche Häuser schon gesehen. Sie gehören den reichen Tschetschenen.

„Gibt es denn reiche Tschetschenen in der Sowjetunion?"

„Ihr Russen kennt uns nicht. Ihr habt keine Ahnung. Die Tschetschenen waren nie arm."

„Wie hast du dich befreit?"

„Am dritten Tag wurde ich fast verrückt. Den Hunger habe ich nicht mehr gespürt, nur Durst. Ich glaube ich habe kurz den Verstand verloren. Ich weiß gar nicht, wo ich auf einmal die Kraft hergenommen hab, jedenfalls habe ich mich mit dem ganzen Körper und sogar mit dem Kopf gegen die Tür geworfen. Immer wieder, so lange bis das Schloss kaputt ging. Allah sei mir gnädig, das Schloss war nicht wirklich gut, es war schließlich kein richtiges Gefängnis. Mein ganzer Körper war mit blauen Flecken übersät, von den Schlägen, die ich mir selbst verpasst hatte.

Ahmed verstummt.

„Ich glaub's dir. Ich kann dich verstehen.", sagt Ivan leise.

Ahmed, mit verändertem Tonfall, erregt, heiser:

„Ich habe auf Menschen geschossen, verstehst du… Ich hatte keinen Hass, trotzdem habe ich geschossen. Weil sie auch auf mich geschossen haben. Ich führte Befehle aus."

Er macht wieder eine lange Pause, dann redet er ganz leise weiter:

„Meine Braut lebt in Novosibirsk. Sie ist eine Russin. Ihr Bruder dient gerade in der russischen Armee. Wer weiß, vielleicht habe ich ihren Bruder erschossen… Also…"

„Denk nicht daran…"

„Hast Du den Film über Romeo und Julia gesehen?"

„Nein. Wollte ich."

„Was? Hast du den Film über Romeo und Julia wirklich nicht gesehen?", fragt Ahmed verblüfft.

„Nein. Na und? Erzähl mir die Handlung!"

„Das waren ein Bursch und ein Mädchen. Ganz jung. So wie ich und Mila. Sie liebten einander, aber ihre Familien und ihre ganze Verwandtschaft waren verfeindet. Sie hatten Blutrache geschworen. So wie die Tschetschenen…"

„Ich wurde einberufen, aber du musst ja gar nicht kämpfen. Warum bist Du bei den tschetschenischen Kämpfern, wenn du in Novosibirsk gelebt hast?"

„Ich hatte das nicht vor. Ich wollte nicht kämpfen. Mein Onkel wollte, dass ich ihn besuche. Also fuhr ich in den Ferien zu ihm nach Grosnyj… Ich dachte, nur für zwei Wochen und dann… Ich wollte zurück, in die Schule. Aber mein Onkel… Das ist aber eine lange Geschichte… Ich muss Dir ja nicht alles erzählen!"

Ahmed wird wieder böse. Ivan lässt sich davon nicht beirren, legt beruhigend seine Hand auf Ahmeds Schulter. Dann hilft ihm Ahmed auf die Beine.

***

Das graue Zimmer in der Schubhaft. Ivan erzählt weiter:

„So hab ich mich mit Ahmed angefreundet. Ich weiß selber nicht, wie es dazu gekommen ist. Mein Bein war nicht wirklich gebrochen, offensichtlich war es nur ein Muskelriss. Ich konnte aber sehr lange nicht mit dem Fuß auftreten. Ahmed hat mich die ganze Zeit versorgt. Wir haben uns im Wald versteckt. Ahmed ging manchmal weg, um etwas zu Essen zu holen. Die Bauern haben ihm zu Essen gegeben, sie wussten nicht, dass er sich im Wald nicht mit anderen Tschetschenen, sondern zusammen mit einem Russen versteckt. Manchmal brachte er sogar ein wenig Wodka mit, das half uns gegen die nächtliche Kälte. Das Schlimmste war nicht der Hunger, sondern die Kälte. Ahmed hätte mich allein lassen können… Oder sogar töten…"

Ivan verstummt, in sich gekehrt, dann spricht er weiter:

„Niemand darf wissen, dass er mir geholfen hat. Mir ist es egal. Aber für Ahmed kann das gefährlich werden. Die Tschetschenen… Manche werden das nicht verstehen…"

„Deswegen machen Sie sich keine Sorgen. Alles, worüber wir miteinander reden, bleibt unter uns. Es geht nirgendwohin nach draußen. In Ihrem Interesse sollten Sie aber nur die Wahrheit erzählen", sagt Katrin:

„Ich habe nichts zu verbergen. Von mir aus kann ich gern alles erzählen. Es ist mir egal. Ich bin sowieso ein Verräter. Es gibt nichts, worauf ich stolz sein kann. Ich habe meine Leute verraten."

„Eigentlich bin ich gekommen, um Ihnen mitzuteilen, dass Ihr Asylantrag zur Anhörung angenommen wurde. In ein paar Tagen bekommen Sie einen Platz in einem Flüchtlingswohnheim", sagt Katrin, mit einem anderen, amtlichen Tonfall.

„Danke", sagt Ivan, freudig überrascht, aber dann gleich wieder besorgt: „Und Ahmed? Ohne ihn gehe ich nirgendwohin. Wir sind wie Brüder."

„Bei Ahmed läuft auch alles gut."

***

Ivan kommt zurück in die Zelle. Er ist fröhlich, zwinkert Ahmed zu. Heimlich, so dass es die anderen nicht sehen sollen, zeigt er ihm den gehobenen Daumen.

Kadyr sagt misstrauisch:

„Wieso freust du dich so? Hast Du vielleicht eine Million gewonnen?"

„Habe ich! Soll ich denn weinen? Ich bin immer froh."

„Lachen ohne Grund... Das tun nur Blöde... Du bist wirklich Ivanuschka, der Narr."

„Ugu! Vergiss aber nicht, in allen russischen Märchen ist Ivanuschka am Schluss der Sieger. Der Narr ist nicht blöd..."

Mikola beginnt laut auf der Gitarre zu spielen, um die Spannung zu mildern. Ivan setzt sich zu ihm und singt mit seiner hohen Stimme das bekannte Lied von Wyssozkij:

(Übersetzung: Es flimmert der Sonnenuntergang wie der Glanz einer Klinge. Der Tod zählt seine Beute. Der Kampf kommt morgen, jetzt aber geht die Truppe den Weg nach oben bis zu den Wolken, über den Pass. Seid still! Vorwärts und nach oben! Das sind unsere Berge, sie werden uns helfen! Vor dem Krieg ist ein deutscher Bursche mit dir über diesen Fels gegangen. Er ist abgestürzt, und du hast ihn gerettet. Kann sein, dass jetzt er sein Gewehr für den Kampf bereit macht.

Kadyr gefällt Ivans Gesang nicht. Er ist im Begriff, wieder auf Ivan loszugehen. In diesem Moment öffnet sich die Tür. Zwei Wärter kommen herein:

„Gemma in Hof. Spazieren!"

Die Häftlinge stehen auf und verlassen gehorsam, einer nach dem anderen, die Zelle. Die zurückgelassene Gitarre bleibt einsam an der Wand stehen.

***

Zimmer im Flüchtlingsheim. Vier Betten, ein Schrank, ein Tisch, vier Sessel, das ist alles.

Ahmed sitzt auf dem Bett. Er liest laut und langsam aus dem Deutschlehrbuch:

„Guten Tag! Wie geht es Ihnen? Danke! Es geht mir gut!"

Die Tür öffnet sich, Ivan kommt herein mit einem abgetragenen kleinen Akkordeon in der Hand.

„Was hast du denn da? Wo hast die Ziehharmonika her?", fragt Ahmed.

„Ich habe bei den Österreichern ein Schwimmbad geputzt. Dann wollten sie, dass ich auch im Keller aufräume. Sie wollten das Instrument wegwerfen."

„Haben sie dich für die Arbeit bezahlt? Oder ist das deine Bezahlung?"

„Sie haben mir fünfundzwanzig Euro gegeben."

„Für wie viele Stunden?"

„Das ist nicht wichtig. Es ist auf jeden Fall besser, als hier herum zu sitzen und gar nichts zu verdienen."

Ivan nimmt eine Tafel Schokolade aus der Tasche und gibt sie Ahmed. Ahmed packt die Schokolade gierig aus und gibt Ivan die Hälfte davon zurück.

„Nein, danke. Das ist für dich. Meine hab ich schon unterwegs gegessen", sagt Ivan und nimmt zwei Zehner aus der Tasche, reicht Ahmed einen.

„Nein. Danke. Das ist nicht notwendig, das ist deins", sagt Ahmed verlegen.

„Red' keinen Blödsinn! Wir sind doch Brüder!"

„Also, gut. Danke. Scheiße..."

„Scheiße, Scheiße! Aus welchem Wörterbuch hast du dieses Wort?"

Ivan setzt sich auf das Bett und versucht, auf dem Akkordeon zu spielen.

„Total verstimmt! Ich weiß nicht, ob ich das wieder stimmen kann…"

„Ich bin auch verstimmt."

„Warum denn?"

„Ich bin traurig, das macht mich fertig. Ich vermisse meine Mutter. Und noch mehr vermisse ich mein Mädchen. Sie hat mich wohl schon vergessen."

„Nein, wenn die Liebe echt ist, hat sie dich nicht vergessen."

„Und dein Mädchen?"

„Ich habe keines. Eine aus unserem Dorf hat mir gefallen, aber sie ging mit einem Anderen."

„Hm … Dann ist sie eine Närrin."

„Nein, sie ist keine Närrin. Ich bin ein Dummkopf. Ich bin auch nicht attraktiv für Frauen."

Ivan spielt ein wenig, dann hält er abrupt inne und sagt:

„Hör zu, Ahmed, warum hast du mich damals nicht getötet? Wir waren doch Feinde. Wir haben gegeneinander gekämpft."

Ahmed antwortet nicht sofort:

„Du wolltest meine Brüder nicht töten, warum sollte es mir anders gehen?"

„Ja… Kadyr hätte sich von nichts abhalten lassen."

„Richte nicht über Kadyr. Bei ihm ist es was anderes. Er hat seine ganze Familie verloren. Eine russische Bombe…"

Es klopft an der Tür.

Dmitrij kommt herein.

„Wo kommst du denn her? Haben sie dich auch entlassen?", sagt Ivan gutgelaunt.

„Ja, natürlich! Ich bin doch aus politischen Gründen hier! Und das ist wahr! Ich werde nie jemanden für dumm verkaufen. Ich weiß, dass andere viele Geschichten erfinden, um hier bleiben zu können. Ich sage aber nur die Wahrheit!"

Ivan lächelt:

„Ahmed und ich sind auch politische Flüchtlinge."

Dmitrij antwortet gereizt:

„Was gibt es da zu lachen?!"

„Hast du auch einen Platz hier im Wohnheim bekommen?", fragt Ahmed.

„Ja, im vierten Stockwerk. Wie ist hier das Futter?"

„Es geht. Kann man essen. Besser als gar nichts. Ein Dach über dem Kopf ist auch was. Vierzig Euro Taschengeld… Wir verdienen schwarz ein wenig dazu. Heute habe ich ein Schwimmbad geputzt", sagt Ivan stolz.

„Ja, vierzig Euro Taschengeld reicht nicht einmal für Zigaretten."

„Höre Dsimitryj, so würde man dich in Weißrussland nennen, wir rauchen nicht mehr. Beide gleichzeitig aufgehört."

Dmitrij sagt neidisch:

„Ihr macht alles zusammen!", dann fügt er hinzu, „Ich kann aber nicht aufhören. Ein paar Mal versucht, hab es aber nicht geschafft."

„Was ist mit unseren anderen Kameraden?", fragt Ahmed

„Meinst du Kadyr und Bacha?"

„Ja. Und die anderen. Scheiße!"

„Kadyr und Bacha wurden auch entlassen. Ich weiß nicht, wo sie einen Platz bekommen haben. Vielleicht irgendwo… Ihr wisst ja, wie man hier die alleinstehenden Burschen behandelt! Familien haben es gut, sie kriegen alles und sofort auf einem Silbertablett serviert. Aber wenn du jung und ein Mann bist, glaubt jeder gleich, du bist ein Krimineller."

„Was ist mit Mikola?", unterbricht ihn Ahmed.

„Mikola haben sie in einen Zug gesetzt und nach Hause geschickt. Zuerst wollten sie ihn in ein Flugzeug verfrachten, er hat aber so ein Theater gespielt! Er ist ein echter Schauspieler! Ein Künstler! Er hat eine Panikattacke vorgetäuscht, als ob er wirklich Angst hätte, in ein Flugzeug zu steigen.

„Vielleicht hat er ja wirklich Angst?", sagt Ivan.

„Blödsinn! Er hat uns selber erzählt, er will, dass man ihn in den Zug setzt. Dann begleitet ihn ein Polizist nur bis zur österreichischen Grenze, das heißt, ab dort kann er machen, was er will. Heute sind die Grenzen offen! Mikola hatte vor, von Polen aus nach Norwegen zu fahren, um dort das große Geld zu verdienen. In Norwegen ist alles teuer, die Löhne sind auch dementsprechend gut. Also bekommen auch die Straßenmusiker mehr. Das was er in Oslo in einem Sommer verdienen kann, ist in der Ukraine ein Vermögen. Für das Geld kann er sich ein ganzes Tonstudio kaufen."

„Vielleicht sollen wir auch nach Norwegen ziehen?", sagt Ivan nachdenklich.

„Zu spät. Im vereinten Europa schickt man euch per Post sofort zurück nach Österreich. Am besten wäre es von Anfang an in Norwegen einen Asylantrag zu stellen. Es ist dort aber nur im Sommer schön. Im Winter ist es… dunkel."

Ahmed schaut auf das Fenster, das in einen engen Innenhof geht, und sagt skeptisch:

„Und bei uns hier ist es vielleicht hell?"

„Was ist mit dem Georgier geschehen?", fragt Ivan.

„Der hatte einen guten Anwalt, also, er wurde auch entlassen und hat einen Asylantrag gestellt. So ein Zufall, ich habe ihn gestern getroffen, er war mit seinem Freund unterwegs. Ihr werdet es nicht glauben! Sein Freund war auch in Leoben, in der Strafanstalt. Raubüberfall. Nachdem er entlassen wurde, kommt er zur Caritas, um eine Unterkunft zu bitten. Dort schauen sie im Computer nach und stellen fest, dass er inzwischen Asyl bekommen hat. Jetzt kriegt er einen Konventionspass und siebenhundert Sozialhilfe monatlich. Also, man muss ein Krimineller sein, um hier etwas zu bekommen!"

Ivan lacht, Ahmed bleibt aber unbeeindruckt.

„Kannst du Deutsch?", fragt er.

„Ein wenig. Ich lerne aber weiter", sagt Dmitrij.

„Ich lerne auch. Ich wollte einen Kurs machen, es gibt aber für mich keine kostenlosen Kurse."

„Hm, ich kenne Tschetschenen, die seit zehn Jahren in Österreich leben und noch immer kein Deutsch sprechen."

Ahmed überhört das und redet weiter:

„Ein Fernseher könnte helfen. Ich würde mir nur die deutschen Programme anschauen. Wir haben aber kein Geld für einen Fernseher."

„Vielleicht schenkt uns jemand einen… Mir hat jemand ein Akkordeon geschenkt!", sagt Ivan.

„Wie lebt es sich hier?", fragt Dmitrij.

„Du siehst ja selber! Man könnte vor Langeweile verrecken. Keine Arbeitsbewilligung, kein Beruf, kein gar nichts! Kein Geld, kein Job! Wann unser Asylantrag entschieden wird, weißt nur Allah alleine!"

„Warum Allah?", fragt Dmitrij sehr ernst.

„Das heißt Gott! In Tschetschenisch", sagt Ivan.

„Und warum sagst du Allah statt Gott?"

„Es ist ein Sprichwort. Gott und Allah, das ist dasselbe."

„Was du nicht sagst…"

„Viele warten so wie wir", wechselt Ivan das Thema, „bis dahin haben wir in diesem Land weniger Rechte als Pferde oder Hunde. Wenn ich nur einen Job hätte… Kein Wunder, wenn man auf blöde Gedanken kommt. Wenn man nichts zu tun hat…"

„Kann man schwarz arbeiten?", fragt Dmitrij.

„Ja und nein. Es gibt kaum Jobs für uns. Ahmed und ich bekommen ab und zu etwas auf dem Bau… Man muss aber den ganzen Tag zittern, dass man nicht erwischt wird…"

***

Aufenthaltsraum und Esszimmer im Flüchtlingsheim. Auf einem Rolltisch stehen große Kochtöpfe. Der Raum ist sauber, aber armselig. An einigen Tischen sitzen Männer, an anderen Frauen.

Ahmed und Ivan essen.

Zwei Frauen kommen herein. Sie nehmen Essen aus den Kochtöpfen und gehen in ihre Zimmer zurück. Ein Angestellter der Lieferfirma kommt herein. Er will die Kochtöpfe mit den Essensresten abholen.

„Warte, es haben noch nicht alle gegessen!", sagt Ivan.

Der Angestellte schaut auf die Uhr und antwortet unfreundlich:

„Das geht mich nichts an!"

Ivan geht auf ihn zu und schiebt ihn fast mit Gewalt zur Seite. Er leert das Essen aus den Töpfen auf einen großen Teller und stellt den Teller auf seinen Tisch. Der Angestellte schüttelt den Kopf und bringt die leeren Töpfe mit einer Karre hinaus.

Dmitrij kommt herein, setzt sich zum Tisch und fragt:

„Ist das für mich?"

„Bedanke dich bei Ivan. Er hat dir einen Teller voll erkämpft", sagt Ahmed.

„Was heißt erkämpft?"

„Ja. Er hat mit diesem Typ beinahe gerauft. Sie halten uns wohl nicht für Menschen!"

„Leute, ich hätte heute gerne was getrunken!", sagt Dmitrij.

„Ja, es wäre nicht schlecht. Aber erst am Abend. Ich habe drei Euro. Für eine Flasche Wein reicht es. Oder für zwei Tetrapacks."

„Dieses saure Zeug..."

***

An einem anderen Tisch sitzen zwei Frauen und ein kleines Mädchen. Die Frauen, Liya und Salima, haben schon gegessen. Auf dem Tisch stehen eine Teekanne aus Porzellan und drei Tassen. Die Mutter des Mädchens hat eine Serviette in der Hand, sie faltet sie auseinander und nimmt zwei Teebeutel und einige Stückchen Zucker heraus. Sie legt die Teebeutel in die Teekanne, und schiebt die Serviette mit dem Zucker in die Mitte des Tisches. Das Mädchen nimmt gleich zwei Stückchen, eines steckt sie sich in den Mund, das zweite hält sie in der Hand.

„Salima, warum gibst du dem Kind Zucker? Du weißt doch, dass man Zucker und Salz weißes Gift nennt!", sagt Liya.

„Lass mich bitte in Ruhe. Ich weiß nichts davon. Wenn wir uns schon gar nichts gönnen können, keine Schokolade, dann soll mein Kind wenigstens ein Stückchen Zucker essen dürfen."

Liya, schon in aggressiverem Tonfall:

„Aber du weißt, dass es der Gesundheit schadet!"

Das Mädchen schaut verwirrt zuerst auf die Mutter, dann auf Liya. Salima antwortet gereizt:

„Was für ein Mensch bist du! Warum mischst du dich immer in die Angelegenheiten anderer Leute ein?!"

„Weil es mir in der Seele weh tut, verstehst du denn nicht? Ich bin ein gebildeter Mensch. Ich habe als Journalistin gearbeitet. Und ich lese viel. Deshalb weiß ich sehr gut, was schädlich und was gesund ist. Du verwöhnst dein Kind zu sehr."

„Hör zu, du Journalistin!" sagt Salima, immer lauter werdend, „unsere Armut scheißt auf deine Bildung. Verstehst du? Ich bin froh, wenn mein Kind einfach satt ist. Geh lieber und schreib ein paar Gedichte, und lass uns in Ruhe!"

„Ja, ich bin eine Dichterin!", sagt Liya beleidigt.

„Ha, Dichterin! Wenn du eine Dichterin bist, dann schreib deine Gedichte, statt dich überall einzumischen!"

Liya will etwas erwidern, aber sie kann keine Worte fassen. Sie bekommt keine Luft vor Empörung. Dann springt sie auf, packt die Serviette mit dem Zucker und wirft sie in den Mülleimer. Salima wirft sich auf Liya, ihre Hände bekommen Liyas Haare zu fassen. Liya ergreift die Hände von Salima, aber Salima ist kräftiger, und ihre Wut verleiht ihr offensichtlich ungeheure Kraft. Liya und Salima raufen miteinander, sie reißen sich gegenseitig die Haare aus und kreischen. Das Kind drückt sich ängstlich in die Ecke. Männer lachen. Dann, nach ein paar Minuten ergreifen zwei Männer doch die Initiative. Sie gehen auf die Frauen zu und packen sie an den Händen.

„Loslassen!"

Günter, der Leiter des Flüchtlingsheimes, kommt herein. Er ist ein junger Mann mit herrischem Blick.

„Was ist passiert?", fragt er.

Die Frauen versuchen gleichzeitig ihre Version zu erzählen, reden wild durcheinander, daher ist kein Wort zu verstehen.

„Geht in eure Zimmer und kein Streit mehr! Klar? Morgen reden wir darüber."

Salima nimmt die Hand ihrer Tochter. Beide Frauen, immer noch rot im Gesicht und böse, aber mit gesenktem Blick, verlassen den Raum.

Der Leiter geht zwischen den Tischen auf und ab. Das Geschirr ist schon abgeräumt. Manche spielen Tischspiele oder Karten, jemand sitzt auf der Couch und liest ein Buch.

„Also, wie geht es?", fragt Günter freundlich:

„Es geht!", sagt einer der Flüchtlinge.

„Und dir?

„Alles paletti!"

„Und wie geht es euch?"

„Wie soll es uns gehen? Hättest Du vielleicht einen Job für uns?", antwortet Ivan.

„Hast du nicht diesem Monat schon einen Tag bei Carla gehabt?"

„Nein. Habe ich nicht. Nicht in diesem Monat. Keiner von uns."

„Gut, ich schaue nach", sagt Günter und geht weiter.

Dmitrij schaut fragend auf Ivan.

„Kennst du diese Carla?"

„Carla, das ist ein Lagerhaus von der Caritas. Man kann dort zwanzig Euro am Tag verdienen. Kisten schleppen und so Ähnliches", sagt Ahmed.

„Nur ein Tag pro Monat?

„Genau genommen nur vier Stunden. Man zahlt uns fünf Euro pro Stunde. Jeden Tag hat jemand anderer den Job. Damit jeder was davon hat", sagt Ivan.

Sie spielen weiter.

***

Zwei Frauen, Anusch und Schagane, kommen herein und setzen sich auf die Couch.

„Mein Töchterchen ist mit meiner Schwester in Krasnodar geblieben", sagt Anusch, „Ich habe sie seit zwei Jahren nicht gesehen. Sie ist inzwischen gewachsen, ich würde sie wahrscheinlich nicht mehr erkennen, Kinder wachsen schnell…"

Tränen kullern über ihre Wangen. Sie wischt sie mit einer Papierserviette ab.

„Kommst du aus Krasnodar?", fragt Schagane.

„Nein. Aus Armenien. Mein Mann war aber Aserbaidschaner. Damals war das okay. Damals hat das keinen gewundert. Mein Töchterchen ist also nur zur Hälfte eine Armenierin. Mein Mann war ein sehr guter Mensch. Dann kam der Krieg. Wir lebten in Nagornyj Karabach. Wer hätte damit gerechnet? Die Armenier haben meinen Mann einfach zerfetzt. Mir ist es gelungen, mit meinem Töchterchen nach Baku zu fliehen, zu Verwandten meines Mannes. Dort warfen die Nachbarn Steine in unsere Fenster. Meine Tochter kam von der Schule nach Hause mit blauen Flecken im Gesicht und auf den Schultern. Aserbeidschanische Kinder haben sie als Feind betrachtet, weil ihre Mutter eine Armenierin ist. Es wurde immer schlimmer, man hat gedroht, uns zu töten. Dann kamen wir nach Armenien zu meiner Schwester. Sie lebt in dem Häuschen, das unsere Mutter uns vererbt hatte. Als ich mein Töchterchen in die Schule gebracht habe, hat die Lehrerin uns als erstes zu einer Gedenktafel geführt. Da waren Fotos von ehemaligen Schülern aufgehängt. Sie sagte: „Schau das dir gut an! Diese unsere Jungen wurden von Aserbeidschanern getötet! Und du wagst es, mit deinem aserbeidschanischen Bastard hierher zu kommen!" Sie hat mich angesehen, als ob sie wirklich glauben würde, dass ich oder mein Mann persönlich diese Jungen getötet hätten. Was sollte ich tun? Wir hatten keinen Platz mehr, wo wir bleiben konnten... Meine Tochter ist wieder jeden Tag mit blauen Flecken aus der Schule gekommen. Man hat sie geschlagen, nur weil ihr Vater ein Aserbaidschaner war. Später, einmal in der Nacht..."

Anusch unterbricht ihre Erzählung. Sie weint.

„Was ist dann passiert?", fragt Schagane.

„Meine Kleine ist gerade vom Bett aufgestanden, sie musste auf die Toilette. Normalerweise stand sie niemals in der Nacht auf, diesmal war es aber so, als ob ihr Schutzengel auf sie aufgepasst hätte. Gerade in diesem Moment ist ein Stein zum Fenster hineingeflogen und landete direkt auf ihrem Kopfkissen. Wir schliefen im selben Bett. Ich bin aufgesprungen und ins Badezimmer gelaufen. Meine Schwester wurde auch wach. Dann sind weitere Steine durchs Fenster geflogen. Wir hörten von der Straße Beschimpfungen und Drohungen: „Verschwindet von hier, ihr aserbaidschanischen Huren, niemand hat euch hierher gerufen!". Wir waren steif vor Angst. Als alles wieder ruhig wurde, habe ich sofort ein paar Sachen gepackt und wir sind weggelaufen. Ich weiß nicht mehr, wie wir später nach Krasnodar gekommen sind. Meine Schwester hat als Kellnerin gearbeitet. Mir hat sie gesagt, ich solle mein Glück im Ausland versuchen. Wenn ich das schaffe, werde ich dann auch die beiden zu mir holen. Meine Schwester ist älter als ich, also bin ich ihrem Rat gefolgt. Wir hatten sowieso nichts zu verlieren. Und jetzt, ohne mein Töchterchen, bin ich vor Kummer ganz krank geworden. Ich vermisse sie so sehr! Ich denke nur an sie."

Beide Frauen schweigen lange. Dann sagt Schagane sehr traurig:

„Ich habe keine Kinder."

„Bist du verheiratet?", fragt Anusch, die sich ein wenig beruhigt hat.

„Ob ich's noch bin, weiß ich nicht. Ich war es."

„Wie meinst du das?"

„Unsere Geschichten sind ähnlich. Mein Mann ist Armenier, ich bin aber nur Halbarmenierin. Meine Mutter war Aserbaidschanerin. Das habe ich nicht gewusst, da ich meine Eltern als Kind verloren habe und von einer armenischen Familie adoptiert wurde. Ich wusste nicht, dass meine leibliche Mutter keine Armenierin war. Das hat später meine Schwiegermutter ausgegraben. Ich und mein Mann, wir liebten uns sehr. Nur eines hat unser Glück getrübt: ich kann keine Kinder kriegen. Als meiner Schwiegermutter das klar wurde, hat sie von ihrem Sohn verlangt, dass er sich von mir scheiden lassen solle. Mein Mann wollte das aber nicht. Er sagte, dass er das niemals tun würde. Als der Krieg in Nagornyj Karabach ausgebrochen ist... Tja... Meine Schwiegermutter hat angefangen allen Nachbarn über meine wirkliche Herkunft zu erzählen. Ich meine, dass ich eine Halbaserbaidschanerin wäre. Nur du kannst das verstehen, welchen Hass die Nachbarn für mich empfunden haben! Ich wurde ständig beschimpft. Einmal ging ich mit meinem Mann vom Kino nachhause und wir wurden unterwegs auf der Straße überfallen. Drei Burschen hatten es eigentlich auf mich abgesehen. Sie haben mich beschimpft und immer wieder gestoßen. Mein Mann hat mich in Schutz genommen, dann haben sie auch ihn geschlagen. Sie hätten uns vielleicht getötet, die Rettung kam aber unerwartet von einem Hund. Das war der riesengroße Wolfshund von unseren Nachbarn, er fing an zu bellen und hat sich mit den Vorderpfoten gegen das Tor geworfen. Das Tor war nicht verschlossen, so lief der Hund auf die Straße. Wir haben uns an den Zaun gedrückt, während die Angreifer wegliefen. Der Hund lief ihnen nach. Am nächsten Tag sagte mein Mann, dass wir wegfahren müssen. Die Schwiegermutter hat angefangen laut zu schreien, er hat aber nicht auf sie gehört. Wir zogen weg. Aber das ist eine lange Geschichte. Unterwegs haben wir uns verloren. Ich blieb bei meinen Bekannten in Sotschi, und mein Mann fuhr nach Sewastopol, um dort einen Job zu finden. Ich habe es nicht ausgehalten, alleine so lange auf ihn warten, und fuhr ihm nach. Er ist aber in der Zwischenzeit schon nach Sotschi zurück gefahren, wir haben uns verfehlt. Ich weiß, dass er mich liebt! Ich spüre das. Vielleicht ist er zu seiner Mutter zurückgekehrt…"

Beide Frauen wischen sich die Tränen ab.

***

Jana, eine junge Moldawien kommt herein. Sie ist klein, blond, hat ein rundes Gesicht und fast runde blaue Augen. Sie sieht sich im Raum um, dann geht sie auf Anusch und Schagane zu:

„Ihr seid so traurig. Ich vermisse auch mein Zuhause", sagt sie.

Ivans Augen folgen Jana. Es scheint er wird sogar rot im Gesicht. Ahmed stößt ihm mit dem Ellbogen in die Rippen:

„Was, gefällt sie dir?"

Ivan antwortet gutmütig:

„Lass mich in Ruhe."

„Lass mich in Ruhe!" wiederholt Dmitrij spöttisch, „Ihr seht euch ähnlich. Sogar eure Namen sind ähnlich, Ivan und Jana. Wie im Märchen. Geh und rede mit ihr!"

„Ich weiß schon selber, was ich tun soll!"

Jana geht zum Teetisch. Sie gießt ein bisschen Tee aus der Thermoskanne in eine Tasse und setzt sich an einen freien Tisch, nimmt ein Bonbon aus der Tasche.

Der Raum ist schon fast leer. Die Armenierinnen gehen zusammen weg. Die Burschen beenden das Spiel und sind auch im Begriff wegzugehen.

„Ich bleibe noch…", sagt Ivan.

Dmitrij und Ahmed zwinkern ihm zu und verlassen den Raum. Ivan nimmt sich auch eine Tasse Tee und setzt sich zu Jana:

„Darf ich?"

„Ja! Schade, dass ich nur ein Bonbon hatte. Und das habe ich gerade aufgegessen."

„Macht nichts. Ich kaufe neue Bonbons für dich."

„Hast du eine Möglichkeit etwas zu verdienen?"

„Ja. Und du?"

Jana schweigt, dann sagt sie ganz leise:

„Dir sage ich die Wahrheit. Erzähl es aber ja nicht weiter! Ich bin überhaupt nur hier, um Geld zu verdienen."

„Und dann? Wieder nach Hause?"

„Ich denke schon. Eine meiner Nachbarinnen hat in Wien gearbeitet. Sie hat Wohnungen geputzt. Mit dem Geld, das sie verdient hat, konnte sie sich in Moldawien ein Haus bauen, sogar mit Schwimmbad. Das will ich auch! Du weißt, die Preise sind bei uns anders."

„Wie bist du hierher gekommen?"

„Ach weißt du, es gibt viele Schlupflöcher. Wenn man unbedingt will, findet man immer was. Meine Nachbarin hat mir beigebracht, wie man das machen kann. Ich habe sowieso keine Chancen auf den positiven Asylbescheid – Armut gilt nicht als Asylgrund. Zum Glück arbeiten die österreichischen Beamten sehr langsam, Gott segne sie. Manchmal warten die Flüchtlinge bis zu zehn Jahre auf einen Bescheid. Mir passt das sehr gut. Ich putze Wohnungen. Meine Nachbarin hat mir mit der Kundschaft geholfen. Schau, ich vertraue dir. Nur dir. Sag das niemandem!"

Ivan fühlt sich geschmeichelt:

„Wem sollte ich es sagen? Du weißt ja, hier hat jeder seine eigenen Leichen im Schrank."

Ivan und Jana schauen einander in die Augen. Man sieht, dass sie einander gefallen.

„Gehen wir ein bisschen spazieren? Das Wetter ist wunderschön!", sagt Ivan.

„Leider kann ich jetzt nicht. Ich muss zur Arbeit. Morgen Nachmittag bin ich frei."

„Dann…"

***

Ahmed liegt auf dem Bett in seinem Zimmer und liest einen Brief. Ivan kommt herein:

„Von wem ist der Brief?"

„Von meiner Braut."

„Hat sie dich doch gefunden?"

„Ich habe ihr geschrieben. Ich habe einen anderen Namen verwendet, sie hat aber alles sofort verstanden. Günter hat mir erlaubt, seinen Namen und seine Adresse zu verwenden."

„Wissen deine Verwandten, dass du hier bist?"

„Nur die Mutter weiß, dass ich am Leben bin. Ich hab sie aus der Telefonzelle angerufen. Sonst wäre sie noch verrückt geworden vor Sorge."

„Ich kann meine Mutter nicht anrufen, bei uns gibt es kein Telefon."

„Du kannst die Dorfverwaltung anrufen."

„Gute Idee! Ich weiß aber die Telefonnummer nicht…"

„Wir gehen zur Post…"

Ivans Gesicht ist traurig. Er liebt seine Mutter sehr.

„Wie soll das hier nur weitergehen?", sagt er, „in diesem fremden Land. Auch wenn wir einen positiven Bescheid kriegen sollten… Würdest du deine Braut heiraten können?"

„Ich denke nach. Vielleicht finde ich eine Lösung. Sie wartet auf mich, nur das zählt."

„Aber wann? Diese verdammten Beamten arbeiten so langsam. Und wir können nichts dagegen tun."

„Ach ja, vergiss nicht, morgen haben wir den Job auf dem Bau…"

„Und den ganzen Tag zittern, was, wenn sie uns erwischen…"

„Was haben wir zu fürchten? Darüber soll sich die Baufirma den Kopf zerbrechen."

„Haben wir das Geld für die Fahrkarten?"

„Haben wir nicht. Macht nichts! Ich habe ausgerechnet: die Kontrolleure kommen nicht wirklich oft, also, wenn man oft genug fährt, ist es sowieso günstiger die Strafe zu zahlen, als Tickets zu kaufen."

Es klopft an der Tür. Dmitrij kommt herein. Er hat einen Rucksack bei sich.

„Günter hat mir erlaubt, zu euch zu ziehen!"

„Das freut mich!", sagt Ivan.

„Prima!" pflichtet ihm Ahmed bei.

Dmitrij nimmt ein freies Bett.

„Wie lange sind diese Betten schon frei?", fragt Dmitrij.

„Nicht lange. Erst seit drei Tagen. Gute Orte bleiben aber nie lange frei."

„Wer hat vorher hier bei euch gewohnt?"

„Zwei Algerier. Gute Burschen, aber … Sie sprechen nur französisch. Noch dazu waren sie superreligiös. Das heißt, muslimisch. Du weißt, wir trinken nicht oft, aber manchmal braucht man eine Entspannung. Zu mir haben sie nichts gesagt, ich gehöre sozusagen zu einem anderen Klub, aber Ahmed … Sie sind ihm ständig auf die Eier gegangen. Um seine Seele haben sie sich große Sorgen gemacht. Schließlich hat Günter die beiden in ein anderes Stockwerk verlegt."

Dmitrij nimmt eine Flasche billigen Wein aus dem Rucksack:

„Ja. ich verstehe. Trinken wir?"

„Nicht jetzt. Trinken wir am Abend. Jetzt will ich nichts", sagt Ahmed.

Ivan schaut auf die Uhr:

„Ich muss auch gehen!" „

„Wie ihr wollt!", murmelt Dmitrij beleidigt und steckt die Flasche zurück in den Rucksack.

***

Ivan und Jana sitzen im Park auf einer Bank.

„Danke, dass du gekommen bist", sagt Ivan.

„Warum bedankst du dich? Ich bin froh, dass du mich gefragt hast."

„Du gefällst mir so sehr! Schon von Anfang an."

„Und du mir."

„Wirklich? Was habe ich denn so Besonderes? Ich weiß, dass ich nicht besonders fesch bin…"

„Woher willst du das wissen?"

Jana schweigt kurz, dann setzt sie fort:

„Ich hab einmal etwas über die berühmten Filmstars gelesen, über die richtig Schönen. Niemand liebt sie wirklich. Ihre Männer betrachten sie nur als Trophäen. Sie selbst lieben auch niemanden richtig. Sie haben keine Zeit für die Liebe, weil sie nur mit ihrem Aussehen beschäftigt sind. Das ist aber nicht alles. Die ganze Welt glaubt, dass sie die Schönsten sind, dabei sind sie selber mit ihrem Äußeren so unzufrieden, dass sie sich sogar operieren lassen."

Beide schweigen. Dann setzt Jana fort:

„Ich bin zufrieden mit mir, ich weiß, dass ich nicht die Schönste bin, aber ich bin hübsch genug."

Ivan ist von ihren Worten begeistert:

„O ja, du bist sehr hübsch! Ich wollte dir das schon seit langem sagen."

„Du gefällst mir auch! Wenn man oft genug lacht, sieht man hübsch aus. Gute Laune macht Menschen schön. Egal was passiert, ich versuche bei guter Laune zu bleiben. Ich weiß genau, dass der gütige Gott mich niemals im Stich lassen wird. Wenn ein Mensch immer gut gelaunt ist, freut sich auch Gott für ihn. Du hast so ein heiteres Lächeln. Auch wenn es anscheinend nichts zum Freuen gibt, lächelst du dennoch. Die Freude lebt in dir drinnen. In mir auch. Ich glaube, wir passen gut zusammen."

„Weißt du, was der Name Ivan bedeutet?

„Nein, weiß ich nicht."

„Das bedeutet „Gottesgeschenk"! So steht es in der Bibel geschrieben. Jana und Ivan ist ein und derselbe Name."

„Gehst du oft in die Kirche?"

„Meine Mutter nahm mich früher mit, als ich noch klein war. In Wien gehe ich oft in die katholischen Kirchen hinein. Ich bete nicht, ich sitze einfach da. Es gefällt mir, die Heiligenbilder anzuschauen. Meine Seele wird dann so ruhig…"

„In Wien gibt es eine russische und eine ukrainische Kirche. Bald kommt Ostern! Zu Ostern gehen wir auf jeden Fall in die Kirche. Kommst Du mit?"

„Habe nichts dagegen."

„Die Ostermärkte in Wien sind sehr schön. Bei uns gibt es so etwas nicht. Es macht richtig Spaß!"

„Was soll daran Spaß machen, wenn du doch nichts kaufen kannst?"

„Einfach Schauen ist auch was Gutes. Geld habe ich, ich spare aber fürs Haus. Ich helfe auch meinen Eltern. Sie haben eine winzige Rente, bei ihnen reicht es kaum fürs Brot."

***

Ivan und Jana auf einem Ostermarkt, sie gehen die Stände entlang. Da werden bemalte Eier verkauft, dort Kunstblumen, selbstgemachter Schmuck, lustige Hüte, Käse und Fruchtliköre.

Ivans Hand liegt auf Janas Taille. Er will sie auf die Wange küssen, sie wendet sich aber ab. Später will sie ihn küssen, aber jetzt lässt Ivan sie abblitzen. Sie spielen miteinander wie junge Hunde. Beide lachen. Die Passanten schauen ihnen zu. Manche lächeln, andere sind empört.

Ivan kauft ein bemaltes Ei mit einem blauen Band. Die Verkäuferin legt es in eine Tüte. Ivan streckt die Tüte Jana hin:

„Das ist für dich."

„Ach! Das ist wunderschön. Das wäre aber nicht notwendig", sagt Jana verlegen.

„Schon gut. Irgendwann werde ich dir richtige Geschenke kaufen."

„Bei uns zuhause werden die Eier auch kunstvoll bemalt."

„Bei uns ist das eher selten. Wir färben sie einfach. Ostern ist bei uns auch sehr schön. Alle gehen spazieren, jeder küsst jeden. Das war auch zu sowjetischen Zeiten so."

„Bei uns wird Ostern auch groß gefeiert. Das Wetter ist zu Ostern immer gut. Mit meiner Mutter backen wir Osterkuchen… Auf der Straße spielen wir dann immer zu zweit Eierpecken: wenn dein Ei beim Zusammenschlagen standhält und die Schale nicht kaputtgeht, gehört das andere auch dir. Man nimmt den Gewinn mit nach Hause und macht Eiersalat.

„Ist es nicht schade um die schön bemalten Kunstwerke?"

„Nein! Im nächsten Jahr machen wir neue. So ist das Leben."

Man sieht die beiden eine Parkallee entlang gehen. Dann bleiben sie stehen, wenden sich zueinander und küssen sich lang und innig.

***

Sommer. Park. Die Blätter in den Bäumen rauschen unter der leichten Brise. Tauben spazieren herum. Ahmed, Bacha, Kadyr, Ivan, Jana und Dmitrij sitzen im Gras. Sie nehmen Brötchen, Bier und Cola aus dem Rucksack. Ivan lächelt zufrieden:

„Wir haben was zum Essen und zum Trinken… Ist das Leben nicht schön?"

Kadyr ist wie immer in düsterer Stimmung:

„Ja, ja, dein Leben ist immer schön! Ivanuschka, der Narr!"

„Hör' auf, Kadyr! Immer bist du böse. Genieße doch einfach den Tag. Endlich scheint die Sonne. Wie zuhause", sagt Ahmed.

„Es gibt kein zuhause mehr! Kapierst du das nicht?"

Alle verstummen.

Jana nimmt Servietten aus der Handtasche und gibt jedem eine:

„So ist es besser."

Dmitrij steckt sich die Serviette hinter den Kragen. Alle lachen.

Bacha wechselt den Platz und setzt sich neben Jana.

„Ich sehe, du bist eine gute Hausfrau…", sagt er.

„Das hat mir meine Mutter beigebracht", antwortet Jana.

„Eine gute Ehefrau wirst du abgeben!"

„Ich denke noch nicht daran."

„Und woran denkst du?"

„Ich muss noch viel lernen. Ich habe noch immer keinen Beruf."

„Wozu brauchst du einen Beruf? Dein Ehemann wird das Geld verdienen. Dein Beruf wäre – Hausfrau und Mutter."

„Nein, so geht es nicht. Eine Frau muss ihr eigenes Geld haben."

„Du willst also eine echte Österreicherin werden", sagt Bacha missgünstig.

„Warum nicht? Gefallen dir die Österreicherinnen nicht?"

„Das sind keine richtigen Frauen. Sie sind wie Männer. Und sie haben einen schlechten Einfluss auf unsere Frauen."

„Auf die Tschetscheninnen, meinst du? Sie bringen ihnen bei, nicht sofort alles zu tun, was ihnen der Mann sagt", lächelt Jana unbesorgt, „Mir gefallen die österreichischen Frauen ganz gut. Ich lerne viel von ihnen."

„Was, zum Beispiel?"

„Vieles. In zwei Worten kann man das nicht erzählen."

Ivan steht auf und kommt näher zu Jana, er setzt sich zu ihr und sie wechseln Blicke.

„Was denkst du, werden wir irgendwann heimgehen?", sagt Kadyr zu Bacha.

„Ich weiß nicht. Ich darf nicht zurückkommen. Und du?"

„Wir stehen alle auf der Fahndungsliste."

„Nein, nicht alle. Sie, zum Beispiel, steht auf keiner", Bacha deutet mit dem Kinn in die Richtung von Jana.

Ahmed unterbricht sie:

„Jetzt verstehe ich erst, was für ein Glück es ist, dort leben zu dürfen, wo alle deine Sprache sprechen. Dieses verfluchte Deutsch ist so schwierig!"

„Mir steht dieses Österreich schon bis hierher!", sagt Kadyr und fährt sich mit der Hand über den Hals.

„Für diejenigen, die Familien haben, ist es hier nicht so schlecht. Den Familien wird überall geholfen. Also, höchste Zeit zu heiraten!", sagt Bacha.

„Bist du denn nicht verheiratet?", fragt Kadyr.

„Nein. Ich habe aber einen Sohn." antwortet Bacha.

„Wo, in Tschetschenien?"

„Nein, er ist auch in Österreich, wir haben uns verloren. Ich weiß nicht, wo er ist."

„Dann frag doch nach!"

„Es ist nicht so einfach. Man sagt es mir nicht."

„Wieso? Er ist doch dein Sohn! Eine Familie..."

„Ja. Es gibt aber in diesem beschissenen Österreich ein Datenschutzgesetz. Wenn dein Sohn achtzehn Jahre alt ist, wird er zuerst gefragt, ob er überhaupt gefunden werden will."

„Na und? Was ist los?"

Bacha ist irritiert, offensichtlich hat er etwas gesagt, das er besser nicht gesagt hätte, dann murmelt er:

„Er wird gerade gesucht."

„Wo hast du früher gelebt?", fragt Kadyr.

„Überall und nirgendwo. Außer in Tschetschenien, obwohl ich Tschetschene bin. In Kasachstan, in Sibirien, in Krasnodar. Meine Frau ist in Krasnodar geboren."

„Was ist mit deiner Frau?"

„Sie ist verschollen. Ich weiß nicht, wo sie ist", sagt Bacha abweisend.

„Sie ist also auch verloren gegangen?"

Bacha antwortet gereizt:

„Ich hab doch gesagt, ich weiß es nicht!"

Dmitrij unterbricht alle, mit lauter Stimme:

„Mir haben sie gesagt, dass in meiner Sache bald entschieden wird."

„Kriegst du ein Positiv?", fragt Ahmed.

„Ha! Das glaube ich nicht. Positiv kriegen nur die Tschetschenen."

Ahmed reagiert beleidigt:

„Nicht alle!"

„Nichts gegen dich!", sagt Dmitrij versöhnlich, „Oder die anderen Tschetschenen! So ist es aber! Krieg ist Krieg. Ihr wisst genau, dass viele Kriminelle sich herzzerreißende Geschichten ausdenken. In Weißrussland ist gar kein Krieg, jedenfalls kein offener, deshalb glauben alle, dass bei uns alles okay wäre. Auf uns pfeifen sie..."

„Auf uns pfeifen sie auch!", sagt Ahmed, „jahrelang leben wir schon hier. Scheiße! Ohne Arbeit, ohne Rechte... Die könnten doch schneller entscheiden –, ja oder nein!"

„Und wenn nein, dann was? Kannst du zurück nach Hause?"

„Kann ich nicht, aber ich würde mir eben etwas anderes ausdenken."

Ivan wechselt das Thema.

„Gehen wir heute Abend in die Disko?"

„Ja", freut sich Ahmed, „Ich habe ein bisschen Geld."

„Disko, das ist was für die Jungen. Ich habe andere Pläne", sagt Bacha.

Ivan beachtet ihn nicht.

„Jetzt wär ein Bier oder Cola gut. Ich hol was vom Billa", sagt Ivan und steht auf. „Wollt ihr auch was"?

„Nimm für mich eine kleine Dose Bier mit. Das Geld jetzt, oder später?", fragt Dmitrij.

„Später!"

Ivan geht weg.

***

Die Zurückgebliebenen teilen sich in zwei Gruppen. Bacha setzt das Gespräch mit Jana fort. Die Burschen unterhalten sich leise miteinander.

„Weißt du, du gefällst mir sehr und schon seit langem", sagt Bacha. Er ist sich sicher, dass es Jana freuen würde, das zu hören.

Sie antwortet aber ganz verlegen:

„Sie dürfen das nicht sagen. Sie wissen, ich bin schon vergeben."

„Wirklich? Meinst du Ivan? Magst du ihn?"

„Müssen wir unbedingt darüber reden?"

„Ich bin aber besser als er. Ich bin älter. Ich kann mich besser um dich kümmern."

„Ja, Sie sind älter. Sie sollten sich eine Frau in Ihrem Alter suchen."

„Du bist aber die Richtige für mich!"

„Was würde Ihre Frau dazu sagen?"

„Ich bin nicht verheiratet. Nicht mehr. Nicht alle Frauen verdienen es, Ehefrauen zu sein."

Jana lächelt:

„Was denn, konnte Ihre Frau nicht gut kochen?"

„Schlimmer!"

Jana setzt scherzhaft fort:

„Was könnte noch schlimmer sein?"

„Sie war mir nicht treu."

Jana gefriert das Lächeln im Gesicht. Sie murmelt verlegen:

„Aber… Aber… Sie konnten das nicht…?"

Bacha schaut Jana mit einem Blick an, der sie zutiefst erschreckt, intuitiv versteht sie, dass er etwas Furchtbares gemacht hat. Sie bedeckt mit der Hand ihren Mund und flüstert:

„Sie haben sie getötet..."

Offensichtlich hat Jana ins Schwarze getroffen. Beide fühlen sich verlegen. Bacha reißt sich aber schnell zusammen:

„Red' keinen Unsinn, dummes Mädchen!"

Jana antwortet mit gesenktem Blick:

„Verzeihen Sie bitte, ich weiß nie, wann ich mit meinen Scherzen aufhören muss."

„Ich muss meinen Sohn finden. Er ist achtzehn", sagt Bacha.

„So wie ich..."

***

Ivan kommt zurück. Er wirft die Dosen auf den Boden und öffnet für sich eine Cola.

„Willst du kein Bier?", fragt Ahmed.

„Ne. Ich nehme eine Cola! Genug vom Bier!"

Bald stehen alle auf und verabschieden sich. Ivan und Jana bleiben alleine zurück. Ivan legt seinen Kopf auf Janas Schoß.

„Was für ein wunderbares Kissen!", sagt er vergnügt.

Jana antwortet etwas verlegen:

„Das ist kein Kissen."

„Ich würde gerne bis an mein Lebensende so liegen bleiben. Es gibt Tage, wo das Leben wirklich schön ist."

„Ja. Heute ist so ein Tag.

„Man will an solchen Tagen auch nicht über die Zukunft nachdenken."

„Man muss aber nachdenken. Ich bleibe nicht ewig in Wien. Was machst du, wenn du kein Asyl bekommst?"

„Ich weiß nicht. Ich will eigentlich zurück nachhause! Ich vermisse meine Mutter."

„Wenn du zurückgehst, werden sie dich deine Mutter nicht sehen lassen. Du kommst direkt hinter Gitter."

„Ja, das ist so."

Jana streichelt Ivan über das Haar und sagt:

„Ich weiß, was wir machen können."

Ivan öffnet die Augen und dreht sein Gesicht zu Jana:

„Also, was für eine Idee hast du in deinem klugen Köpfchen?"

„Scherze nicht, es ist ernst."

„Also, sag schon."

Jana beginnt, ein wenig verlegen:

„Ich weiß ja nicht, wie du dazu stehst."

„Ich werde zu allem stehen, was von dir kommt."

„Moldawien ist jetzt doch ein anderes Land…"

„Na und…?"

„Du kannst zu mir kommen."

„Das bedeutet, … wie? Glaubst du, dass Moldawien ausgerechnet einen russischen Flüchtling nimmt?"

„Du kommst als mein Ehemann. Du wirst meinen Familiennamen übernehmen, so wird keiner was erfahren."

Ivan sich mit einem Ruck auf, Janas Vorschlag hat ihn völlig überrascht.

„Ist das dein Ernst?"

„Natürlich ist es mein Ernst!"

„Das bedeutet, du magst mich so sehr?"

„Ja, ich mag dich sehr. Du bist für mich der Einzige. Versprich nur, dass du niemals trinken wirst."

„Trinke ich denn? Ab und zu vielleicht eine Dose Bier."

„Eine Dose Bier ist nicht so schlimm. Du sollst wissen, mein Vater war ein Trinker. Er ist am Wodka gestorben. Mein Stiefvater trinkt zum Glück nicht. Meine Mutter ist mit ihm sehr glücklich."

„Wir werden auch glücklich sein miteinander. Du weißt, ich bin kein Faulenzer, höchstens ein bisschen…", lächelt Ivan.

Jana antwortet sehr ernst:

„In ein paar Jahren wirst du dich schon ganz solide benehmen."

„Bist du sicher?"

„Wenn du mich liebst, wirst du das. Und du liebst mich! Ich weiß das. Was wärest du sonst für ein Vorbild für unsere Kinder?"

„Du hast also schon unsere Kinder eingeplant?"

„Ja. Man muss in allem vorausdenken."

Ivan kratzt sich am Nacken:

„Scheiße… Entschuldige. Das bedeutet, du hast mir gerade einen Heiratsantrag gemacht? Und wenn ich in Österreich bleiben will…?"

„Dann musst du dich entscheiden: Österreich oder ich."

„Ich entscheide mich für dich! Du sollst wissen, ich bin sehr fleißig und ich kann mit meinen eigenen Händen ein Haus bauen", sagt Ivan in feierlichem Tonfall.

Sie küssen sich.

***

Ivan und Ahmed kehren von der Baustelle zurück. Ihre Kleidung ist staubig und mit weißer Farbe beschmutzt.

„Habe ich doch gesagt, wir sollten uns umziehen. So wie wir aussehen… sie können uns aufhalten … Papiere überprüfen und so…", sagt Ivan besorgt.

„Unsere Papiere sind in Ordnung."

„Ja, aber man versteht sofort, dass wir gearbeitet haben."

„Na und? Verstehen und beweisen – das sind zwei verschiedene Sachen. Solange sie uns nicht auf frischer Tat ertappen…"

„Ja. Aber man würde uns den ganzen Tag im Revier festhalten…"

Ahmed schaut Ivan an und sagt ironisch:

„Dafür hast du wirklich keine Zeit! Du bist sehr beschäftigt… Gut, nehmen wir eine kleine Gasse, da wird uns keiner begegnen."

„Es wird schon wieder Herbst. Wieder ein Jahr vorbei."

„Ich will endlich normal leben! Ich will studieren. Und heiraten will ich auch."

Ivan ist erstaunt:

„Und die Braut? Hast Du schon eine Braut?"

„Das weißt du doch! Meine Braut lebt in Novosibirsk…"

„Ach so… Ich dachte mir schon…"

„Bei den Tschetschenen ist es so: solange ein Mann nicht verheiratet ist, ist er noch kein Mann, sondern immer noch ein Junge…"

„Bei uns hat ein verheirateter Mann auch mehr Gewicht, man spricht nur nicht davon…"

„Wirst du Jana heiraten?", sagt Ahmed, er ist neidisch.

„Ich weiß noch nicht. Das heißt, ich würde sie auf der Stelle heiraten, aber… Ich mag Jana sehr, du weißt schon, aber…"

„Was aber? Habt ihr euch gestritten?"

„Nein, nicht doch! Es geht um etwas anderes. Eine Frau soll zu ihrem Ehemann ziehen und nicht umgekehrt."

Ahmed lacht:

„Ist das bei euch Russen nicht egal?"

„Bei den Stadtleuten vielleicht, ich komme aber aus einem Dorf …", sagt Ivan.

„Ich versteh dich ja, aber wäre das nicht falscher Stolz? Es ist doch alles gut, ein Glück, das ihr so eine Lösung gefunden habt."

„Ich will aber nicht ausgerechnet einen Menschen, den ich liebe, zur Ersatzlösung machen."

Ahmed antwortet ironisch:

„Aber Moldawisch lernst du schon für alle Fälle?"

„Nein, nicht wirklich. Ich habe nur ein paar Worte gelernt. Um Jana eine Freude zu machen. Ich habe kein Talent für Sprachen, ich bin doch nur ein Handwerker… Nicht so wie du…"

„Ich habe auch kein Talent. Ich bin nur hartnäckig. Wenn ich etwas will, dann mache ich das auch…"

„Weißt du, Acha, ich fühle mich in letzter Zeit irgendwie unruhig. Zum ersten Mal im Leben. Nicht einmal in Tschetschenien habe ich eine solche Unruhe gespürt. Es ist, als ob ich eine böse Vorahnung hätte…"

„Überlass die bösen Vorahnungen den alten Weibern! Das sind doch nur deine Fantasien. Vielleicht kriegen wir beide bald einen positiven Bescheid?"

„Ich sicher nicht. Wer wird schon einem Russen den positiven Bescheid geben? Grundsätzlich..."

Ahmed und Ivan bleiben noch kurz vor dem Wohnheim stehen, dann verschwinden sie durch die Eingangstür.

***

Das Zimmer im Wohnheim. Ivan, Ahmed und Dmitrij sitzen am Tisch, wo eine Dose Bier, eine Flasche Wodka und etwas zum Essen steht.

„Also, noch ein Gläschen?!", sagt Dmitrij.

„Mir reicht ein Bier", sagt Ivan.

„Du bist kein Russe!", sagt Dmitrij abschätzig.

„Wieso? Weil ich keinen Wodka trinke?"

„Ihr beide seid große Langweiler!", sagt Dmitrij.

„Ich langweile mich nicht!"

„Du siehst doch, er will nicht. Lass ihn in Ruhe!", sagt Ahmed.

„Okay, bleibt für mich umso mehr!"

Dmitrij verschließt die Wodkaflasche und will sie in den Schrank räumen. In diesem Moment kommt Bacha herein. Man sieht, dass er betrunken ist.

„Gib her die Flasche!", sagt er, „Wo sind die Gläser? Scheiße!"

„Wo hast du solche Wörter gelernt? Sagen die Tschetschenen so was auch?", fragt Dmitrij.

„Das geht dich nichts an!"

„Ich verstehe..."

Bacha setzt sich an den Tisch, gießt etwas Wodka ins Glas und trinkt es in einem Zug aus. Ivan steht auf, setzt sich auf das Bett und beginnt Gitarre zu spielen.

„Wo hast du die Gitarre her?", fragt Bacha.

Ivan schweigt, Ahmed antwortet an seiner Stelle:

„Er kriegt immer Geschenke! Er könnte schon ein ganzes Orchester versorgen. Diese Österreicher, wenn sie nur hören, dass er spielen kann, schenken ihm sofort etwas, womit er spielen kann."

„Ja. Pavarotti!", sagt Bacha ironisch und feindselig.

„Lass das! Was hat er dir angetan?"

„Was er getan hat? Das hat er getan! Sie sind alle … Wieso bist du mit einem Russen befreundet?"

„Hör auf, Bacha! Der Krieg ist längst vorbei!", sagt Ahmed versöhnlich.

„Nein, mein Krieg ist noch lange nicht vorbei. Wird auch niemals vorbei sein!"

Ivan beachtet das Gespräch nicht. Er spielt weiter. Dann singt er das Lied von Wyssozkij, wobei der einige Worte im Text verändert. So, dass anstatt eines deutschen Burschen ein Tschetschene vorkommt. Es singt das Lied zu Ende. Alle schweigen.

Bacha lehrt den Rest vom Wodka ins Glas, trinkt aus, dann geht er hinaus und knallt die Tür hinter sich zu.

„Was hat er denn?", sagt Ivan und schaut auf die Tür, als ob sie ihm eine Antwort geben könnte.

***

Nachmittags im Erholungsraum. Auf den Tischen stehen Thermoskannen mit Kaffee und Teller mit Kuchenresten.

Schagane und Anusch sitzen auf dem Sofa. Sie halten ihre Teller in Händen und essen.

„Es ist schon vertrocknet", sagt Anusch.

„Ja. Ich vermisse das Hausgemachte."

„In anderen Unterkünften gibt es Küchen. Man bekommt dort keine fertigen Gerichte, man kriegt etwas Geld, kauft sich was man will und kann selber kochen!"

„Ich weiß. Ich habe darum gebeten, in so eine Unterkunft zu kommen. Man hat mir gesagt, von solchen Häusern gibt es zu wenig, die Plätze dort kriegen nur Familien."

Sie verstummt, sieht lange aus dem Fenster, dann seufzt sie:

„Was macht wohl jetzt mein Töchterchen? Wann seh' ich sie endlich wieder! Mein Richter ist so langsam, die lassen sich Zeit. Diese Österreicher sind überhaupt viel zu langsam."

„Ja, ich habe es auch bemerkt, es liegt ihnen im Blut", pflichtet ihr Schagane bei.

„Du hast einen schönen Namen!", sagt Anusch.

„Ja, aber was hilft das?"

„Was soll es helfen?"

„Ich weiß es nicht. Es ist nur so."

„Und was ist mit deinem Mann? Hast du ihn gefunden?", fragt Anusch.

„Ich weiß nicht, wo er ist. Er wird nicht vermuten, dass ich in Wien bin. Ich habe aber eine Freundin angerufen. Wenn sie ihn sieht, wird sie es ihm sagen … Er lebt wahrscheinlich wieder bei seiner Mutter."

„Und warum bist du ausgerechnet nach Österreich gekommen? Warum wolltest du deinen Mann nicht suchen?", fragt Anusch.

„Ach, das ist so eine Geschichte"

„Ich habe Zeit. Aber wenn du nicht willst, erzähle nicht!"

„Warum? Ich kann erzählen", sagt Anusch. „Als wir uns verfehlt haben, ging es mir so schlecht, dass ich vor Kummer krank wurde. Ich wohnte damals bei einer Bekannten. Sie wollte mich schon los sein. Wenn man als Gast zu lange bleibt, ist man bald unerwünscht. Also, sie hat mich fast mit Gewalt zum Arzt gebracht. Sie hoffte, dass der Arzt mir sagen würde, dass ich gesund bin. Sie hat sogar selbst den Arzt bezahlt. Oder hatte sie vielleicht eine Ahnung? Also … Man hat bei mir Krebs diagnostiziert …"

Anusch schaut die Freundin mit großen Augen an:

„Warum erzählst du mir das erst jetzt?"

„Ich weiß es nicht. Wollte erzählen, aber irgendwie … Ich habe Angst, darüber zu reden. Diese meine Bekannte … Sie

ist so kämpferisch, aber zuerst war sie auch wie gelähmt ...
Ich hatte kein Geld und keine Krankenversicherung, war
nirgends gemeldet. Man hätte mich im Spital gar nicht auf-
genommen. Ja, ich weiß nicht, ob sie aus Herzensgüte ge-
handelt hat oder mich einfach so schnell wie möglich los-
werden wollte, aber macht das einen Unterschied? Jedenfalls ist sie zur armenischen Kirche gegangen, dort haben sie
ein bisschen Geld gesammelt und mich ins Ausland geschickt. Sie haben mir versichert, dass ich in einem europäi-
schen Land auf jeden Fall Hilfe bekommen würde. Meine
Bekannte hat mich in einen Bus gesetzt, der nach Polen fuhr,
und von Polen kam ich weiter nach Österreich.

„Und? Hattest du wirklich Krebs?"

„Ja, so war es. Kaum war ich in Österreich ... also, eine
Woche später lag ich schon auf dem Operationstisch. Gerade noch rechtzeitig! Jetzt muss ich nur regelmäßig zur Kon-
trolle gehen."

Beide Frauen seufzen. Sie stellen ihre Teller auf den Tisch.

„Diesen Kaffee will ich nicht trinken, der ist ja wie Ab-
waschwasser", sagt Anusch. „Gestern habe ich am Floh-
markt einen richtigen Kaffeekocher gekauft. Genau so einen
wie bei uns in Armenien. Komm zu mir ins Zimmer! Wir
werden jetzt einen echten Kaffee trinken!"

***

Ein Zimmer im Wohnheim. Alles ist aufgeräumt. Dmitrij
hört Musik über Kopfhörer. Ivan repariert das Akkordeon.
Ahmed liest in seinem Deutschlehrbuch.

Klopfen an der Tür.

„Bitte!", sagt Ivan ohne den Kopf zu heben.

Wieder hört man das Klopfen.

„Herein!", wiederholt Ivan.

Es wird noch einmal geklopft. Ivan steht auf und öffnet die
Tür. Jemand streckt seine Hand herein, nimmt Ivans Hand
und Ivan verschwindet hinter der Tür. Die Anwesenden

wechseln Blicke. Nach einer Minute kehrt Ivan zurück. Er ist blass und zittert. Die Tür bleibt offen.

„Was ist passiert?", fragt Ahmed besorgt.

Ivan schweigt.

„Sag endlich, was ist passiert?", fragt Dmitrij ungeduldig.

Ivan flüstert mit bebender Stimme:

„Ich kann nicht... Jana ist im Krankenhaus. Sie soll selber erzählen…"

Langsam und schüchtern kommt ein junges Mädchen herein.

„Lyudmila ist ihre Freundin", sagt Ivan, „Sie wird erzählen…"

„Jana wurde überfallen und ausgeraubt", sagt Lyudmila mit bedrückter Stimme.

„Wie? Von wem?", schreit Dmitrij auf.

„In unserem Zimmer. Sie war allein…"

„Das bedeutet, dass es ein Bekannter war…", sagt Ahmed ganz langsam.

„Ja…"

„Wer war das?", fragt Ahmed.

„Jana hat mir verboten, es zu sagen. Zwingen Sie mich bitte nicht! Ich werde nichts sagen. Er hat gedroht, dass er sie töten wird, wenn sie redet."

„Aber uns kannst du es doch sagen?", insistiert Dmitrij.

„Gerade euch darf ich es nicht sagen. Das ist aber noch nicht alles…"

„Was noch?"

„Er hat sie so verprügelt, dass sie ins Krankenhaus eingeliefert wurde. Sie hat einen Schlüsselbeinbruch und eine Gehirnerschütterung. Das ist aber auch noch nicht alles…"

Ahmed sieht sie an, es ist klar, dass er schon verstanden hat, worum es geht, trotzdem fragt er:

„Und was, was noch?"

„Also, ihr wisst schon…", sagt Lyudmila mit gesenktem Blick.

„Was… Sag schon!", – schreit Dmitrij.

„Also… Was kann ein Mann einer Frau antun?"

Lyudmila beginnt zu weinen, dann setzt sie fort:

„Sie war noch Jungfrau. Sie hat sich aufgehoben. Sie sagte, dass sie unbedingt als Jungfrau heiraten will. Dass sie mit Recht ein weißes Kleid tragen will…"

Ivan stand bisher wie in Trance herum, jetzt wird er plötzlich hellwach:

„Sag, wer das war! Ich werde ihn töten!"

„Nein. Gerade deshalb sage ich nichts mehr!"

Lyudmila läuft weg. Es tritt Schweigen ein. Dann öffnet Dmitrij eine Dose Bier, es hört sich in der Stille an wie ein Schuss.

„Ivan, trink das! Es wird dich beruhigen…", sagt Dmitrij.

Ivan stößt seine Hand weg. Die Dose fliegt gegen die Wand. Er wirft sich auf das Bett. Aus seiner Brust kommen Laute wie die eines tödlich getroffenen Tieres.

***

Im Park. Eine Bank. Später Herbst. Trübes Wetter. Vereinzelte Schneeflocken. Auf der Bank sitzen frierend Ivan und Lyudmila.

„Wie kann ich dich nur trösten?", sagt Lyudmila.

Ivan seufzt kummervoll.

„Du liebst sie sehr!", sagt Ludmila

„Ich liebe sie. Ich werde sie immer lieben. Ein Mädchen wie sie findet man nur einmal…"

„Ja, das ist wahr. Sie war etwas Besonderes."

„Sie IST etwas Besonderes! Warum will sie mich nicht mehr sehen? Ich verstehe doch alles! Ich hätte ihr das niemals vorgeworfen, es ist doch nicht ihre Schuld."

„Sie kann sich das selbst nicht verzeihen. Verstehst du, er hat sie gebrochen. Alle ihre Lebenspläne, die sie so sorgfältig geschmiedet hatte! Ihr Leben… Das Geld, natürlich ist es wichtig, aber man kann neues verdienen. Er hat ihre Seele getötet. Eine neue Seele kann man nicht kaufen."

„Nein, er hat ihre Seele nicht getötet. Nur verletzt… Das kann man heilen…"

„Viel zu schmerzhaft ist die Verletzung. Verstehst du, sie wollte, dass man sie respektiert. Du weißt, sie hat viel gelitten. Als ihr Vater getrunken hat. Jedes Mädchen träumt von einem Vater, auf den man stolz sein kann. Deshalb arbeitete sie wie ein Ochse. Sie wollte, dass ihre Familie ein würdiges Leben hat. Wir haben alle gehungert als das Land auseinander fiel. Hunger ist immer auch eine große Erniedrigung", sagt Lyudmila mit Tränen in der Stimme.

„Ich werde sie immer respektieren."

„Ich kenne dich, Wanja. Ich weiß, dass du ein guter Mensch bis. Sie hat das auch immer gesagt. Sie hat sich aber so entschieden, weil das besser für euch beide wäre. Hierher kommt sie nie wieder. Sie wollte sich sogar das Leben nehmen, so sehr hat sie sich geschämt. Ich war jede Nacht bei ihr im Krankenhaus, ich hatte Angst sie alleine zu lassen. Vom Krankenhaus fuhr sie direkt zum Bahnhof. Ich habe ihr ihre Sachen zum Bahnhof gebracht."

„Hast du ihre Telefonnummer und Adresse?"

Lyudmila wendet sich ab:

„Nein, habe ich nicht."

„Ich werde sie schon finden!"

„Irgendwann wird alles wieder gut. Jetzt aber… Es ist zu früh…"

„Sag mir endlich, wer hat das gemacht?!"

„Verzeih, Wanja, ich werde es dir nie sagen. Ich habe es Jana geschworen. Sie hat Angst um dich. Du wirst dich rächen wollen und zerstörst damit dein ganzes Leben."

„Ich werde es doch herausfinden!"

Lyudmila schweigt.

***

Ivan sitzt allein im Zimmer, unrasiert und ungepflegt. Er hält ein halbvolles Glas in der Hand. Auf dem Tisch steht eine Flasche Wodka. Dmitrij kommt herein.

„Trinkst du? Am helllichten Tag!"

Ivan antwortet unfreundlich:

„Das geht dich nichts an!"

„Reiß dich endlich zusammen! Gottseidank, dass sie es überlebt hat. Mit der Zeit wird sie es vergessen. Alle Wunden heilen irgendwann."

„Bei manchen heilen sie und bei anderen nicht."

„Weißt du schon, wer es war?"

„Ich denke schon. Aber ich muss ganz sicher sein. Wenn er es ist, töte ich ihn wie einen tollwütigen Hund. Im Krieg habe ich keinen getötet, aber jetzt mache ich es!"

„Aus dir spricht der Zorn."

„Wärst du nicht zornig, wenn deinem Mädchen so etwas passiert?"

„Ich weiß nicht. Gott erlaubt keine Rache. Das ist allein seine Sache. Gott selbst wird ihn bestrafen."

„Dir ist so etwas nie passiert, sonst würdest du nicht so reden."

„Ich will dich nicht belehren. Denk daran, dass sie dir nicht zufällig seinen Namen verheimlicht hat. Weil sie nicht will, dass du mit Rache dein Leben zerstörst."

„Und wenn es niemand erfahren würde?"

„Trotzdem. Du wirst deine unsterbliche Seele für immer vergiften. Jetzt spürst du Zorn und denkst an Rache. Wenn der Zorn verraucht ist, bleibst du allein mit deiner Seele."

Die Tür öffnet sich geräuschvoll. Auf der Schwelle erscheint Ahmed. Er schließt schnell die Tür hinter sich und beginnt sich auszuziehen. Auf seinem Rollkragenpullover sind Blutflecken zu sehen.

Ivan springt sofort auf und geht auf ihn zu.

„Bist du verletzt?", fragt er besorgt.

Ahmed antwortet nicht. Er zieht seinen Trainingsanzug an, nimmt ein Handtuch und verschwindet hinter der Tür.

„Er will sich duschen...", sagt Ivan.

Dmitrij und Ivan schauen einander schweigend an. Offensichtlich beginnen sie zu verstehen, was passiert ist. Dmitrij nimmt einen Plastikbeutel aus dem Schrank. Ivan beginnt Ahmeds Kleidungsstücke hineinzustopfen.

Ahmed kommt mit nassen Haaren zurück. Das Paket mit seinen Sachen steht bei der Tür. Ivan und Dmitrij schauen Ahmed an. Sie warten. Ahmed legt sich auf das Bett und schaut an die Decke. Dann beginnt er zu erzählen. Seine Stimme ist leise, monoton, ausdruckslos.

„Ich weiß, dass ihr auch eine Ahnung hattet, wer das war. Ich auch. Scheiße! Es war Bacha. Ich wollte ihn nicht töten, ich wollte es nur genau wissen. Ich habe ihn einfach gefragt, ich musste es wissen. Ich wollte nicht, dass du ihn umbringst. Nicht um seinetwegen, er war mir scheißegal. Aber für dich hätte es mir leid getan. Ich wollte, dass wir beide wo anders hingehen, dass wir nach Salzburg oder nach Innsbruck ziehen. So wäre es leichter aufzuhören immer nur daran zu denken. Also habe ich ihn einfach gefragt: aber er hat sofort mich angegriffen. Zuerst hat er nur geschimpft. Über mich, über dich, über sie. „Russische Dirne", „Hure", und so weiter. Da habe ich ihm eine verpasst. Auf den Kiefer. Er ist zwei Schritte zurückgewichen und hat ein Klappmesser aus der Tasche gezogen. Mit dem Messer ist er auf mich losgegangen. Wir haben gekämpft. Im Park war keine Menschenseele bei dem scheußlichen Wetter. Ich weiß nicht, wie es dazu gekommen ist. Vor lauter Angst war ich wie betrunken. Ich bin erst wieder zur Besinnung gekommen, als ich das Blut sah. Bacha hat sich nicht mehr bewegt. Seine Augen waren offen. Was sollte ich tun? Ich ging einfach weg. Es hat geregnet. Erst unterwegs bemerkte ich, dass ich immer noch das Messer in der Hand habe. Dann habe ich es in den Kanal geworfen. Sag, was hätte ich tun sollen? Entweder er oder ich..."

Betretenes Schweigen, dann spricht Ahmed weiter:

„Ich habe im Krieg auch getötet. Ich denke, dass ich getötet habe, ich habe nicht in die Luft geschossen. Ich habe aber nie gesehen, wie derjenige stirbt, den ich getötet habe…"

Ivan setzt sich neben Ahmed auf das Bett:

„Du durftest das nicht tun. Das war allein meine Sache. Es geht nur mich etwas an."

„Ich weiß. Ich wollte ihn ja nicht töten. Ich wollte nur Gewissheit haben. Du und ich, wir sind doch Freunde, das heißt, es geht mich auch etwas an. Nein, ich wollte es nicht tun. Ich wollte nur, dass er gesteht…"

„Was wirst du jetzt machen?", wendet sich Ahmed an Dmitrij. „Du, Menschenrechtler! Willst du zur Polizei gehen? Mir ist das egal. Ich will nur wissen, worauf ich mich gefasst machen muss…"

„Ja, ich bin ein Menschenrechtler", antwortet Dmitrij beleidigt, „aber kein Denunziant! Und überhaupt, merkt euch, ich habe nichts gehört und nichts gesehen. Ich weiß gar nichts! Verstanden? Mir reicht mein eigener Kram!"

Er steht auf, zieht seine Jacke an, nimmt das Paket in die Hand und fragt:

„Wo ist das Messer?"

„Ich hab doch gesagt, ich hab es in den Kanal geworfen."

„Wohin gehst du?", fragt Ivan.

„Zur Donau. Spazieren. An die frische Luft. Die Donau verwischt alle Spuren", sagt Dmitrij und geht hinaus.

***

Der Aufenthaltsraum im Wohnheim.

Manche spielen Karten, die Tschetscheninnen Salima und Liya sitzen beim Tee, sie unterhalten sich ganz friedlich. Das Töchterchen von Salima ist auch da.

„Meine Sache ist seit gestern entschieden", sagt Salima fröhlich, „Ich bekomme subsidiären Schutz!"

„Ich gratuliere dir. Ich freu mich für dich."

„Deine Stimme klingt aber nicht so!"

„Wieso? Natürlich bin ich froh. Ich denke nur einfach auch an mich."

„Bei dir wird auch alles gut sein! Ich bin überzeugt davon."

„Hast du was von deinem Mann gehört?", fragt Liya.

„Nein. Er ist weg. Verschollen. Vielleicht tot. Ich will nicht einmal jemanden fragen. Für mich wäre es besser, wenn keiner weiß, wo ich bin."

„Denkst du, es wäre möglich? Bei Tschetschenen weiß doch jeder alles über jeden. Irgendwer wird ihm sicher etwas sagen!"

„Kann sein …"

„Hast du Angst, dass man dir die Kleine wegnimmt?"

„Das weißt du doch selbst. Wenn seine Verwandten erfahren, wo ich bin, werden sie mir sicher meinen Schatz wegnehmen. So sind unsere Bräuche! Sie ist aber alles, was ich hab! Weißt du, sie lernt gut. Ihr Deutsch ist perfekt! Obwohl sie so schüchtern ist."

„Du hast recht, sie werden versuchen, dir das Kind wegzunehmen! Sie bringen sie nach Tschetschenien und mit vierzehn wird sie bereits verheiratet. Und dann ade Studium!"

Liya sieht das Mädchen an und lächelt ihr zu:

„Bist du mir nicht mehr böse? Ich wollte doch nur …"

Das Mädchen lässt den Kopf sinken und schweigt.

„Sie ärgert sich nicht mehr", antwortet ihre Mutter für sie. „Wir dürfen uns nicht übereinander ärgern!"

„Ja, genau. Wir leben hier in unserem engen Kreis. Wie im Gefängnis, wo man jeden Tag dieselben Gesichter sieht. Man muss miteinander auskommen."

„Warst du im Gefängnis?"

„Sicher! In Schubhaft."

„Ach, in Schubhaft…"

„Einen ganzen Monat lang! Ich dachte, ich würde den Verstand verlieren. Man hat mir nicht geglaubt, dass ich eine Tschetschenin bin."

„Und dann?"

„Tja … Dann hat man mich telefonisch mit einem Mann verbunden, einem Schweizer, ich sollte mit ihm reden. Er ist Experte für alle Sprachen, er hört sofort, ob es deine Muttersprache ist…"

„Und?"

Anscheinend versteht Salima nicht ganz, worum es geht. Dann bringt sie das Gespräch auf ein anderes Thema.

„Hast du etwas von deinem Mann gehört?", fragt sie.

„Nein. Was für ein Glück!", sagt Liya lächelnd.

„Wieso?"

„Wenn er nur wagt hierher zu kommen, bringe ich ihn um! Ich scherze nicht. Er wird mir nie mehr blaue Flecken hinterlassen! Zuhause war niemand da um mir zu helfen. Aber hier gibt es Gesetze. Hier wird sich die Polizei auf meine Seite stellen!"

***

Es ist wieder Frühling. Ahmed und Ivan sitzen auf einer Bank im Park und essen Hotdogs.

„Vom Wohnheim-Essen ist mein Magen schon ganz verdorben", sagt Ahmed.

„Ist ein Hotdog besser?"

„Natürlich nicht!", sagt Ahmed, dann fragt er, „Hast du die Telefonnummer von Jana herausgefunden?"

Ivan hört auf zu kauen:

„Habe ich."

„Wirst du sie anrufen?"

„Hab's schon!"

„Also, hast du mit ihr geredet?"

„Ja, wir haben geredet."

„Und?"

„Nichts. Sie sagte, ich soll sie nie wieder anrufen. Sie will alles vergessen. Ich verstehe, dass sie sich schämt. Wie kann ich sie überreden?"

„Ich verstehe das auch. Sie empfindet es als Schande. Dort, bei ihr zuhause weiß wenigstens keiner davon, so soll es auch bleiben."

„Sie schämt sich für sich selbst. Vor sich selbst kann man sich nicht verstecken."

„Vielleicht ist das nicht so schlecht, dass sie nach Hause gefahren ist. Dort wird sie schneller alles vergessen können."

„Sowas kann man nie vergessen. Ich dachte mir, wenn dieses Schwein tot ist, würde es mir besser gehen. Es geht mir aber nicht besser."

„Hast du Jana gesagt, dass er nicht mehr lebt?"

„Habe ich."

„Und? Was hat sie gesagt?"

„Sie sagte, es sei ihr egal."

„Hat sie nicht gefragt, wie er gestorben ist?"

„Nein, hat sie nicht."

Ivan schaut Ahmed in die Augen und sagt mit fester Stimmer:

„Ich hab auch keine Ahnung! Die Polizei weiß auch nichts."

„Was wenn sie es doch herausfinden?"

„Werden sie nicht. Wir sind Asylweber, man kümmert sich einen Dreck um uns. Wir sind Fremde. Wir sind ein eigener Staat mit unseren eigenen Richtern und Henkern. Das weißt du selber. Man hilft uns nur bedingt, in Wirklichkeit haben wir keinen Platz in ihrer Gesellschaft. Wir bleiben hier, wie man so sagt, für immer am Dienstboteneingang. Du kannst dein Deutsch perfektionieren so viel du willst, ein richtiger Österreicher wirst du nie!"

Ahmed bleibt von diesen Worten unbeeindruckt.

„Was meinst du, würde Dmitrij mich verraten?"

„Nein, da bin ich mir sicher. Nicht weil er wirklich an Gott glaubt, sondern weil er weitere Unannehmlichkeiten vermeiden will. Er hat großes Glück gehabt, er hat das kleine Asyl, also subsidiären Schutz bekommen, das heißt, er wird seine Karriere als Menschenrechtler weiter ausbauen, deshalb passt ihm so eine Verwicklung sicher nicht in den Kram."

„Ja, das kleine Asyl… Das ist besser als gar nichts. Bald bekommt er eine Arbeitsbewilligung."

„Dmitrij weiß genau, was er tut."

„Ja. Er hat aber recht, es gibt einen höheren Richter…"

„Ich weiß … Es ist alles meine Schuld. Dein Gewissen… Das war meine Sache, ich hätte das tun müssen."

„Ich wollte es auch nicht tun, es war nicht meine Absicht."

„Weißt du, Acha, ich denke manchmal an seinen Sohn. Was glaubst du, wird sein Sohn sich rächen wollen? Er sucht wahrscheinlich schon nach dem Mörder…"

„Nein, er sucht gar nichts! Sein Sohn wollte mit dem Vater nichts zu tun haben."

„Warum?"

„Seine Mutter war Russin."

„Na und?"

„Bacha hat seine Mutter getötet. Deswegen ist er auf der Fahndungsliste. Sie wollte ihn verlassen. Der Sohn war damals fünfzehn. Bacha hat seine Mutter vor seinen Augen umgebracht, dann nahm er ihn mit und flüchtete nach Österreich. Der Sohn hatte selbst Angst vor seinem Vater."

„Woher weißt du das alles?"

„Wir Tschetschenen haben unseren eigenen ‚Rundfunk'… Wir sind ein kleines Volk, bei uns kann man kaum etwas verheimlichen…"

***

Ivan schlendert durch die Stadt. Sein Gesicht ist grau und hohlwangig geworden. Er ist unrasiert. Seine Augen schauen, ohne etwas zu sehen. Er geht in den Park und setzt sich auf jene Bank, wo er einmal mit Jana saß. Vor seinem Blick laufen die Bilder der Vergangenheit ab: ihre Spaziergänge, ihre zärtlichen Küsse, ihr unbeschwertes Gelächter.

Es beginnt zu regnen. Ivan kehrt in die Realität zurück. Er wickelt seinen Schal um den Hals, steht von der Bank auf und geht langsam weg.

***

Ivan und Ahmed arbeiten auf einer Baustelle. Ivans Bewegungen sind voller Wut.

„Ruhe, nur Ruhe!", sagt Ahmed.

Ivan antwortet nicht. Er wirft die Steine wütend von sich. Ahmed scheint ruhiger zu sein, wirkt aber bedrückt.

***

Das Zimmer im Wohnheim. Ahmed sitzt am Tisch. Ivan repariert etwas. Beide sind offensichtlich in besserer Verfassung. Das Zimmer ist aufgeräumt.

Ahmed liest laut aus dem deutschen Lehrbuch und Ivan wiederholt.

„Was machen Sie heute Abend? Wollen Sie ins Kino gehen?", fragt Ahmed.

„Ja, gerne."

„Weiß du was?" Ahmed schiebt das Buch zur Seite. „Ich würde gerne auf die Uni gehen. Mila und ich haben irgendwann abgemacht, dass wir zusammen auf dieselbe Uni gehen", sagt er mit trauriger Stimme.

„Rufst du sie an?"

„Manchmal. Aus der Telefonzelle. Sie nennt mich Anton. Für den Fall, dass ihr Telefon abgehört wird."

„Wartet sie auf dich?"

„Ich hoffe doch…"

„Was würdest du gerne studieren?"

„Ich weiß noch nicht. Wir wollten Pädagogik studieren, jetzt denke ich mir aber, dass Jura nicht schlecht wäre…"

„Warum?"

„Die Gesetze sind doch sehr wichtig…"

„Ja … Die Gesetze…"

„Was willst du später machen? Du hast nie darüber gesprochen."

„Ich weiß nicht, mich interessiert die Musik. Nein, natürlich nicht als Konzertmusiker. Dafür bin ich schon zu alt. Ich würde gerne lernen, wie man Musikinstrumente baut. Akkordeon, zum Beispiel. Ich mag Handarbeit."

„Ja, wir hätten schon längst etwas lernen oder arbeiten können, stattdessen sitzen wir da herum wie irgendwelche Nichtsnutze."

Klopfen an der Tür und eine Stimme:

„Die Post!"

Ivan geht hinaus und kommt zurück mit zwei großen blauen Briefumschlägen in der Hand.

„Vom Asylamt", sagt er aufgeregt.

Ivan und Ahmed öffnen die Briefe. Beiden zittern die Hände.

Während sich das Gesicht von Ahmed erhellt und er in freudiger Erregung aufspringt, zeigt der Rücken von Ivan, dass er keine gute Nachricht bekommen hat.

„Hurra! Ich habe einen positiven Bescheid!", schreit Ahmed.

Ivan wendet sich um, er sieht verloren aus. Seine Hände hängen trostlos am Körper herab, der Brief und der Umschlag liegen auf dem Fußboden. Ahmed versteht sofort alles. Die Worte bleiben ihm im Hals stecken. Er legt seinem Freund den Arm um die Schulter.

***

Bahnhof. Ivan kommt mit einem Rucksack, in Begleitung eines Polizisten. Beide bleiben neben dem Waggon stehen.

„Kann ich eine letzte Zigarette rauchen?", sagt Ivan in seiner lässigen Art, als ob er nichts ernst nähme.

Der Polizist, auch lächelnd, gutmütig:

„Bitte!"

Ivan greift mit beiden Händen seine Taschen ab, er hat aber keine Zigaretten, da er gar nicht raucht. Der Polizist gibt ihm eine und streckt ihm sein Feuerzeug hin. Dann zündet er sich selber eine Zigarette an. Ivan pafft ein paar Züge und beginnt zu husten. Der Polizist schaut ihm mit ironischem Lächeln zu.

Plötzlich erscheint Ahmed auf dem Bahnsteig. Hinter ihm geht Kadyr. Auch Ahmed hat einen Rucksack mit.

„Uff!", sagt er keuchend, „Ich, dachte schon, ich komme zu spät. Ich wusste nicht, in welchen Zug sie dich stecken."

„Wollt ihr euch doch noch von mir verabschieden?", fragt Ivan.

Ahmed lacht ihm entgegen:

„Ich nicht!"

Ivan schaut ihn fragend an.

Kadyr zündet sich eine Zigarette an.

„Gibst du mir auch eine?", fragt Ahmed.

„Du rauchst ja gar nicht", sagt Kadyr verblüfft.

„Jetzt schon!"

Kadyr wendet sich an Ivan:

„Rate wenigstens du diesem Dummkopf ab!"

„Wovon soll ich ihm abraten?"

„Er will mir dir zurück nach Russland!"

„Red' keinen Blödsinn! Ihr habt beide positive Bescheide. Du bleibst natürlich da, wenigstes bis bessere Zeiten kommen."

„Und du? Du weißt doch, was auf dich zukommt", sagt Ahmed.

„Ja. Der Knast, sie werden mich einsperren. Macht nichts! Du weißt ja, ich bin Ivanuschka, der Narr, ich habe immer Glück!"

„Ja, ich weiß das sehr gut", sagt Ahmed ironisch.

„Ihr beide dürft nicht zurück!", sagt Kadyr.

„Ich werde schon irgendwie herauskommen", sagt Ivan, „ich denke sogar, dass es vielleicht gar nicht so schlecht ist: wenn ich das abgesessen hab, bin ich ein freier Mann."

„Wir sind – verdammt nochmal! – zusammen hierhergekommen! Zusammen fahren wir auch zurück! Verstanden?", sagt Ahmed entschlossen.

„Tu das nicht! Das geht nicht gut aus für dich!"

„Macht nichts! Außerdem können wir uns unterwegs etwas einfallen lassen."

Ivan schüttelt den Kopf.

„Wir werden sehen!", sagt Ahmed, „Also, Kadyr! Leb' wohl! Vielleicht sehen wir uns irgendwann wieder."

Kadyr umarmt Ahmed:

„Leb' wohl, mein dummer Freund! Alles ist Allahs Wille!"

Ivan streckt Kadyr die Hand entgegen:

„Leb' wohl. Verzeih, wenn was nicht richtig war..."

Kadyr zögert, bevor er die Hand ergreift:

„Du verzeih mir auch. Du verstehst schon. Der Krieg... Wir sind alle..."

„Ich verstehe alles", sagt Ivan und wendet sich zu Ahmed: „Vielleicht überlegst du dir's doch?"

Ahmed antwortet nicht.

„Karascho, Saditesj vagon", sagt der Polizist in gebrochenem Russisch und fügt auf Deutsch hinzu, „Steig ein! Es ist Zeit!"

Er schaut sich um. Da er keinen Mülleimer sieht, nimmt er ein Papiertaschentuch aus der Tasche, wickelt seine Kippe und die von Ivan damit ein. Er lässt Ivan vorausgehen und versperrt mit seinem Rücken den Weg für Ahmed.

Ahmed klopft dem Polizisten mit dem Finger auf den Rücken:

„Ich komme auch mit!"

„Nein! Lassen Sie ihn nicht rein!", schreit Ivan.

„Tja, das geht mich nichts an", sagt der Polizist beiläufig, „ich bin nur für diesen Ivan verantwortlich."

Ahmed antwortet, den Polizisten nachahmend:

„Karascho! Mich geht es was an. Ich bin für diesen Ahmed verantwortlich."

Er klopft suchend seine Taschen ab:

„Eine Fahrkarte hab ich schon…"

Der Polizist stößt Ivan leicht in den Rücken und steigt selber in den Waggon. Ahmed wirft seine Kippe auf den Boden, umarmt Kadyr, lässt seinen Blick schweifen über alles rundherum, als ob er sich von Wien verabschieden wolle, und springt in den Waggon.

Die Tür schließt sich hinter seinem Rücken.